U0116747

如何讀名作

小說篇

孫紹振 著

商務印書館

## 如何讀名作——小說篇

作　　　者：孫紹振

責任編輯：謝江艷

封面設計：張　毅

出　　　版：商務印書館 (香港) 有限公司

香港筲箕灣耀興道 3 號東滙廣場 8 樓

http://www.commercialpress.com.hk

發　　　行：香港聯合書刊物流有限公司

香港新界大埔汀麗路 36 號中華商務印刷大廈 3 字樓

印　　　刷：成記印刷廠有限公司

香港九龍觀塘開源道 45 號有利中心 3 字樓

版　　　次：2010 年 2 月第 1 版第 1 次印刷

© 2010 商務印書館 (香港) 有限公司

ISBN 978 962 07 4454 9

Printed in Hong Kong

# 目　錄

讀懂
兩個錯位

# 為甚麼吳敬梓把心理療法改為胡屠戶的一記耳光

## ——審美價值和實用價值拉開距離

不管甚麼樣的小說總要表示作者的一種態度取向，這種取向，用比較通俗的話來說，就是小說的主題。甚麼是主題呢？粗淺地說，是作者體驗到的一種特殊的觀念。這太抽象。具體一點說，是獨到的人生體驗。這太籠統，和讀者沒有辦法溝通。人與外部世界溝通的唯一渠道就是人的感覺。不管是思想還是情感，離開了感覺，就很抽象了。小說裏的人物要動人，就得有他獨特的感覺。作家的人生體驗和思想只有和人物、和作家的感覺結合起來，才能成為小說的取向，或者主題。

## 真實感覺與藝術感覺

善於通過人物的感覺傳達情緒，這是許多作家的經驗或者願望，然而並不是一切感覺都有利於情緒的傳達和表述。

例如：人對面前的一棵白楊樹有感覺，如果你只是考慮如何利用它去做建築材料，或者當柴火燒，你所想的就是如何把它砍倒，如何運輸，如何脫去水分，如何加工等等。這時，你的感覺完全集中在實用目的上，凡與實用目的無關的，或者有衝突的，你就毫不在意。例如那挺拔向上的姿態、絕不旁逸斜出的風姿，就都被忽略了。但如果你因為樹枝挺拔美觀而不忍芟除，你就成不了一個企業家。

如果不是一個企業家，而是一個生物系的大學生，你的感覺就是另一個路子，你將認定它是一種喬木，而不是灌木，冬天是落葉的，等等。這種感覺是一種科學家的感覺，你的感覺必須是嚴格、客觀的，不能帶任何主觀感情，帶上感情就不科學了。

不論出於實用的還是科學的目的，人對客觀事物都會有感覺，但這種感覺與藝術感覺不同，它們的特點是理性的、客觀的，是抑制主觀感情色彩的。

科學家甚至不相信自己的感覺，時時刻刻提防自己的眼睛、耳朵、鼻子會歪曲了客觀事物，因而發明了不受主觀影響的儀錶和刻度。

然而藝術家的感覺卻是主觀的，感覺的情感色彩是它的生命。沒有情感的感覺是死的，不可能有藝術生命。富有情感的感覺是變幻的，隨情感的變幻而變幻。

同樣是白楊樹，抗戰時期，在茅盾眼中，它是一個挺立在北方廣漠原野上的挺拔向上的哨兵。而在上世紀五十年代，在流沙河眼中，它是一把閃光的長劍，在暴風雨中，寧願折斷也不願彎腰。

這樣的感覺是不科學的，也是不實用的，但它是藝術的。

正是在這自由變幻的感覺中，茅盾和流沙河傳達了他們主觀的、獨特的感情。如果死死認定白楊樹是造紙原料，利用它，可以供應文化市場，創造稅收和利潤，增加就業率。或者說，落葉喬木的特點就是冬天葉子落了，春天又會生長出來。那還有甚麼藝術可言呢？

再舉一個更淺近的例子。假如在我們面前有一碗麵條，做得很鹹，很難下口。從實用的角度來說，要盡可能逃避吃這樣的麵條。從科學的角度來說，之所以不好吃是由於鹽放得太多了，改進的方法是控制放鹽量。

如果一篇文章裏，光寫了這些東西，肯定是很枯燥的。但你還可以從另一個角度去看待這碗蹩腳的麵條。你可以設想，你孤身一人從北京到一個偏僻的山城，住在一家機關招待所裏，並且病了。你很晚才來到食堂，本沒有甚麼胃口，也不指望有甚麼可口的飯菜，何況又過了開飯時間。沒有想到，居然有一張桌子上放着一碗麵條，一位大師傅笑臉相迎，顯然這碗麵是特意為照顧遠方來客而準備的。你自然十分高興，滿懷感激之情坐下吃麵。然而這碗麵卻很不好吃，鹹得可怕。這時你會想到，如果直接流露出不滿，或公開表示麵條的質量不行，就可能損害大師傅的自尊心，特別是他那一片熱忱。於是你強制自己，裝出十分欣賞大師傅的手藝、吃得很饞的樣子，大師傅的臉上現出了從心裏發出來的笑容。第二天，你為了避免再吃到那樣可怕的麵條，便提早去食堂，自己選擇飯菜。但一碗同樣的麵條已在桌子上等待你了。這顯然是昨天你的笑容對大師傅的鼓舞的結果，你只好把這同樣難吃的麵條吃了。如此再三。大師傅越是殷勤有加，你就越是要忍受那可怕的鹹麵條。最後，你要離開了，你對大師傅的感情如何呢？如果下一次你要再來這裏，你是不是一想到那鹹麵條就覺得不寒而慄呢？

## 實用價值與審美價值

張潔在《依伯》中敍述了上面的故事後說："但是，只要我再到福建去，我一定要去看看依伯，哪怕再有那樣一碗令人生畏的麵條在等着我！"

這就是說，在張潔的心靈中有一種比味覺更重要的東西。味覺是一種生理感覺，滿足生理需求是人生存的基礎，這是一種實用價值。然而在張潔看來，大師傅熱忱服務、主動關切的情感，還有自己對大師傅的理解和同情，無疑更為重要，儘管這種情感不是實用的，不能當飯吃，但是對於人與人之間的互相理解和溝通，更為重要。對藝術形象來說，這非常能感染人，能加深人對人、人對自己的情感的體驗和理解，因而它是很美的。這是另一種價值，叫做審美價值。

從實用價值來說，飯菜做得可口的，是水平高的大師傅，而從情感的審美價值來說，飯菜做得好不好並不太重要，如果他出於真誠的、執着的情感，他就是可愛的，就是美的。

在日常生活中，人因為受到生存的壓力，實用價值自發地佔着壓倒優勢，情感價值常常因為不實用而處於被壓抑的地位。為了生存，就不能不講究實用理性，而實用理性是壓抑情感的。據弗洛伊德研究，人從一出世，慾望的情感就受到壓制，久而久之，就把它壓抑到潛意識裏去了。因而就有了一種說法：人是理性的動物。故古希臘哲學家柏拉圖在《理想國》裏，就把理性的人當作理想的人，而詩人則被逐出了理想國。但如果光有理性，並不是最全面的人，要不然，機器人就是最理想的人了。人犧牲感情滿足生存的需求，吃飽了，穿暖了，就覺得很滿意了，這不是和動物差不多了嗎？於是就有了藝術來滿足人的情感需求。

這裏有一個典故。魯迅在《且介亭雜文‧門外文談》中說：

> 我想，人類是在未有文字之前，就有了
> 創作的，可惜沒有人記下，也沒有法子記下。

我們的祖先的原始人，原是連話也不會說的，為了共同勞作，必需發表意見，才漸漸的練出複雜的聲音來，假如那時大家抬木頭，都覺得吃力了，卻想不到發表，其中有一個叫道"杭育杭育"，那麼，這就是創作；大家也要佩服，應用的，這就等於出版；倘若用甚麼記號留存了下來，這就是文學；他當然就是作家，也是文學家，是"杭育杭育派"。

魯迅的這段文字曾經很有權威性，這除了得力於他的話說得通俗而且幽默以外，還在於，當年佔主流的文藝思想是藝術起源於勞動，文藝與實用價值的統一。其實，魯迅所說的那種在勞動過程的呼喊，其功能不過是為了求得節奏的一致，為了省力。從價值範疇來說，仍然屬於實用價值。這還不能算是藝術，只有在勞動之餘，例如木頭抬完了，大家圍着篝火休息時，回憶起勞動的艱辛，有人就假裝抬木頭，發出杭唷杭唷的歌聲來，這才是藝術。真勞動不是藝術，因為它是為了達到實用的目的，而假勞動才是藝術，因為它的目的不是實用，而是重溫勞動的體驗，愉悅情感，是把在實用勞動中放棄的感情，那生命的另一半恢復過來，以獲得生命的完整的體驗。實用價值很高的東西，很可能是沒有審美價值的。英國作家羅斯金有句名言說："少女可以為她失去的愛情而歌，守財奴不可以為他失去的錢袋而歌。"因為為失去的愛情而歌是出於情感的目的，是美的，而為失去的錢袋而歌是出於實用的目的，是醜的。

在藝術形象裏，如果你能讓情感佔優勢，使之不但不為實用的需求所壓倒，而且還超越於它，獲得了自由，你所用的語言，就會以一種不同尋常的"陌生化"的姿態出現，就可能引起讀者的潛在記憶，導致他內心無意注意的集中，使他的興趣被引起，他的情感被激活。

俄國形式主義者首先提出了"陌生化"的觀念。但是他們把它局限於語詞的運用上，這就太狹隘、太表面了，其實語義的"陌生化"是價值的"陌生化"（也就是從實用到超越實用的審美價值）的表現。

懂得了這一點，才可能懂得藝術家氣質的最根本特點。

## 實用價值和情感價值的錯位

朱光潛在他早期的美學著作中，非常強調實用的態度和藝術的態度的區別，這是很重要的一個出發點。不懂得這一點，就不可能從根本上去弄懂藝術的奧秘。由於審美價值普遍存在模糊朦朧性質，所以許多終生研究文學的人，不能擺脫實用價值的強大優勢，總是情不自禁地用實用價值觀念去聯想，甚至從"二月春風似剪刀"都會引申出對於讀者具有"創造性勞動"的教育意義。這就不可能懂得藝術、懂得小說的真諦了。為了說明問題，試舉一例。

《儒林外史》中最膾炙人口的片斷是范進中舉，這個片斷並不完全是作者的虛構，它是有原始素材的。清朝劉獻廷的《廣陽雜記》卷四中有一段記載：

> 明末高郵有袁體庵者，神醫也。有舉子舉於鄉，喜極發狂，笑不止。求體庵診之。驚曰："疾不可為矣！不以旬數矣！子宜亟歸，遲恐不及也。若道過鎮江，必更求何氏診之。"遂以一書寄何。其人到鎮江而疾已癒，以書致何，何以書示其人，曰："某公喜極而狂。喜則心竅開張而不可復合，非藥石之所能治也。故動以危苦之心，懼之以死，令其憂愁抑鬱，則心竅閉。至鎮江當已癒矣。"其人見之，北面再拜而去。吁！亦神矣。[①]

最後一句："吁！亦神矣。"用今天的話來說就是："唉呀！袁醫生的醫道真是棒極了。"可以說這句話是這段小故事的主題：稱讚袁醫生的醫道高明。他沒有用藥物從生理的病態上治這個病人，而是從心理方面治好了他。

這件事本身有一點生動性，讀起來也相當有趣，但是拿來和《儒林外史》比較，就差太遠了。這是因為這個故事的全部旨趣都集中在實用價值方面——袁醫生出奇制勝地用心理療法治癒了精神病。實用價值理性佔了壓倒優勢，以至於這位活生生的新舉人的特殊情感狀態——為甚麼開心得發狂——完全不在作者關注範圍之內。在治癒的過程中，與之相親的周圍人士有甚麼情感特點，則完全沒有展開，有的只是一個理性的結論：心病就得以心理刺激治之。

而《儒林外史》中"范進中舉"一段，展開了一幅多彩的情感變幻的神妙圖景。這種神妙性大大超越了醫道的神妙性。

在"范進中舉"中，吳敬梓把袁醫生治病的方法改掉了。這說明，在醫生看來最重要的東西，在吳敬梓看來是不重要的。他把治好范進的藥方改為范進丈人胡屠戶的一記耳光。

胡屠戶在范進中舉以前是最瞧不起他的，甚至在他中了秀才後還公然嘲笑他。范進要考舉人意欲向他借旅費，他不但不借，反而當眾侮辱他說，舉人是天上文曲星下凡的，應該像城裏舉人府上的老爺那樣，一個個方面大耳才是，可他卻尖嘴猴腮，應該撒泡尿自己照照。胡屠戶絕對不照顧范進的自尊心，隨意公然侮辱他的人格，他依照的完全是一種迷信的愚昧的邏輯。對自己女婿的狼狽和貧困，不但沒有同情，反藉以為樂。胡屠戶的情感特點，他的整個精神狀態，通過他這些語言和行為表現得淋漓盡致。然而待到范進中了舉人，瘋了，為了挽救范進的命運，治療范進的瘋狂，建議他打范進一耳光，告訴范進根本沒有中時，他卻不敢了。在胡屠戶的情感深處，他真誠地以為舉人都是天上的文曲星下凡，即使為了救這舉人，他也缺乏打他一下的勇氣。他的恐怖是如此執着，以至於在他硬着頭皮打了范進一耳光，使范進清醒過來以後，竟然感到他那打耳光的手疼痛起來，手指都彎不過來了。按照他的情感邏輯，凡是中了舉人的都是天上的文曲星，自己打了文曲星，天上的菩薩會怪罪。他的恐懼加深了，連忙討了一塊膏藥貼在自己的手上。

　　吳敬梓對這一情節的設計，就把重點從原本故事中實用的理性的醫術轉向了不實用的、非理性的情感世界。感動我們的不再是實用的心理治療方法，而是不實用的情感變幻奇觀。

　　理解小說的藝術奧秘應該從這裏開始，首先學會把作品中的實用價值和情感的審美價值區別開來，再尋求超越日常實用價值的情感優勢的具體表現。要善於看出小說家如何將實用觀念和情感價值拉開一點錯位的距離，讓情感的審美價值具有某種超越性，最忌諱的是把二者混同起來。

　　不從這個根本上出發，就不可能懂得分析小說三昧。不論你分析哪一篇經典作品，其成功的根本秘訣都在這裏。

　　魯迅的小說《藥》也是這樣。本來革命烈士的鮮血的全部價值在於喚醒群眾的覺悟，激發他們的革命熱情，然而卻被用來當作醫治肺病的藥物。這正表明他們情感的麻木。正是由於這種實用價值和感情價值拉開了距離，構成了對比，發生了錯位，小說才有那麼強烈的震撼人心的力量和發人深思的啟發性。如果華小栓的肺病在吃了染了夏瑜的鮮血的饅頭以後，奇跡般地好轉了，實用價值與情感價值的距離縮短了，小說就可能失去悲劇的深沉了。

契訶夫的《萬卡》，寫萬卡向祖父訴苦，懇求祖父把自己從城裏接回去，免除當皮鞋店學徒的種種苦難。如果光有這些內容，那麼契訶夫與當年俄國那些熱衷於表述對勞動者苦難的同情的民粹派小說家沒有甚麼兩樣。這篇小說的最動人之處在於：由於萬卡寫的地址太籠統（"鄉下祖父收"），信是不可能寄到的。也就是說，其實用價值等於零，可是萬卡卻以為爺爺一定會收到，並且做着爺爺收到信的夢。也就是說，在他的情感深處，這封信的價值具有救命的性質。

正是由於這兩種意義，或者說這兩種價值拉開了距離，小萬卡的情感世界才能得以如此充分的顯現，其形象的感染力才充分地發揮出來。如果這封信被萬卡的祖父順利地收到，實用價值提高了，情感的價值就降低了。

我們可以在都德的《最後一課》中看到同樣的情況。

從實用意義來說，最後一堂法語課是一堂，不可能等於兩堂，也不可能少於一堂，可從小弗郎士的情感世界來說，這一堂課的價值遠遠超過了一堂課。正因為這是最後一堂了，他才發現學習祖國語言的權利是多麼珍貴。他心靈深處潛在的對祖國語言的熱愛一下子被調動起來。本來非常討厭學習法語的他，變得非常熱愛法語課了。

情感價值與實用價值之間的反差越大，藝術的感染力就越強。

如果《最後一課》中的小弗郎士覺得以後永遠不用上法語課了，十分開心，這一課就沒有甚麼特別的情感價值了，這篇小説的藝術感染力也就完全喪失了。

莫泊桑的《項鏈》也一樣，從實用意義來説，那借來的項鏈使女主人公在舞會上出了一夜的風頭，但丟失項鏈而造成的後果讓她付出了十年青春的代價，她由一個愛慕虛榮的女人變成了一個講究實際的女人。

這篇小説構思的焦點在於：那條項鏈是假貨。也就是説其實用價值是很低的。如果不是贋品，而是真貨，兩種價值的差距就縮小了，情感價值就相對地降低了。

小説寫到女主人公發現項鏈是假貨時，為甚麼戛然而止了呢？為甚麼作者不再寫下去：把真的項鏈取回來，拿到市場上去賣了好多錢呢？為甚麼作者對皆大歡喜的結局那樣避之猶恐不及呢？

因為再寫下去就完全是實用價值了：把真項鏈拿回來賣錢，在情感上也得到了某種安慰，這兩種價值的距離就縮小了。在女主人公發現項鏈是假貨時，十年的青春和一條假項鏈的（實用價值和審美價值）反差已達到極限（在藝術上叫做高潮），接下去就是對女主人公的補償了，再往下寫就煞風景了。

用同樣的道理，我們可以解釋《祝福》的妙處：祥林嫂花錢去捐門檻，目的是為了能參加除夕祭神——端福禮，但卻仍然得不到參與敬禮的權利。如果光從實用價值說，她不參加不是更輕鬆嗎？也不至於被魯四老爺家解僱吧。

然而從她的情感價值來說，她不能端福禮和捐門檻的目的形成了反差。

越是不強調實用價值就越是富於情感價值。從日常生活來說，實用是自發地抑制情感的；而從藝術創造來說就要衝破這種自發的抑制。

對於立志於分析小說藝術的人來說，字詞句的分析不能離開價值的範疇，特別是情感價值和實用價值的區別。許多分析之所以陷於空談，甚至自我迷惑，就是把二者混為一談。

我們說審美的情感因果超越實用的因果，不得不聲明一點，這道理是相對的，只適用於比較傳統的現實主義和浪漫主義的作品。在世界文學史發展到二十世紀中葉時，文學對於情感的泛濫感到厭倦了。首先是詩歌反抗濫情，關起了抒情的窗子，直接從感覺到理念。接着，小說也對浪漫的情感多少採取了某種抑制的態度，轉而對理性加以青睞。表現在小說的情節中就是，因果性中的理性色彩更加明顯。

因而，我們對小說情節的因果聯繫，不能不作一些補充和調整。在現代派小說中，情節的因果性常常有超越情感的特點，但它沒有犧牲感覺。因而，它基本上還是屬於審美的②。

為了通俗地說明這個問題，我們舉兒童文學作家曹文軒的一次談話為引子：

> 那天我在課堂上做了一個試驗，我說，同學們，你們說出任何一個東西，然後我通過想像現場給你們寫一篇小說。其中有個學生馬上說出一個成語"咬牙切齒"，說："老師你寫一個東西吧。"我深思了片刻，說我試試看。也許是非常平庸的，非常拙劣的東西，但沒有關係，我要看看我是否有這種能力。想了大概有五分鐘，我說我現在來寫這樣一個東西：
>
> 有一個人，這個人對世界充滿了仇恨，他每天都是咬牙切齒的，結果在他很年輕的時候，一口好牙已經被咬碎了，他只好配了一副假牙。有一天夜裏，他聽到他家衛生間發出水的聲音，他覺得很奇怪，家裏就他一個人，怎麼會有聲音呢？他把燈拉亮了一看，甚麼也沒有發現，然後他上床又去睡覺，剛躺上床，衛生間的水又響了，"咕嚕咕嚕"翻騰。這一回他借着從窗外照進來的月光——他看到的是甚麼？假牙晚上都要拿下來泡在杯子裏面的清水裏，原來是兩排假牙在互相咬——咬牙切齒。③

這裏也是情節，因為這裏也有因果性，不過和前面的因果不同，它不是情感的，而是偏重理念的。人與人之間的仇視，居然會達到這樣的程度，以致假牙都會咬牙切齒。這不是很概念嗎？好像不是，因為小說的因果性是建立在感性的基礎（牙齒的聲音）上的。審美是情感和感覺的學問，情感可以被驅逐，但感覺卻仍然很鮮明。

從這個意義上來說，這裏的情節仍然是審美的因果範疇。

超越情感，依仗感覺的貫穿，是現代派小說的特點。

註：

① 李漢秋編《儒林外史研究資料》，上海古籍出版社，1984 年，第 170 頁。

② 為了解釋這樣的現象，我曾經發明了一個 "審智" 的範疇。請參閱我的論文：a《當代智性散文的局限和南帆的突破》，《當代作家評論》，2000 年第 3 期；b《從西方文論的獨白到中西文論的對話》，《文學評論》，2001 年第 1 期。

③ 曹文軒《模仿、素描心態與耐心》，《作文大革命》，福建文藝音像出版社，2004 年，第 98 頁。

# 小說對話中的心不對口

## 敍述和對話

《賈芸謀差》是《紅樓夢》的一個片斷，原來是《紅樓夢》整體的有機組成部分，但情節和主題又具有相對完整性。如標題所示，此節以"賈芸謀差"為核心，包含着一個對轉：謀差從落空到落實。其間還顯示了一個原因：走賈璉的門路，不如直接討好他的妻子王熙鳳。賈芸的乖巧，王熙鳳的擅權和虛榮，都躍然紙上。

作為小說，本文展示情節和人物的路數，和其他小說，諸如《麥琪的禮物》、《藝術品》等極其相似，那就是都有大量的敍述和對話。

眾所周知，敍述性語言（抒情、敍述和描寫等）與對話是有根本上的不同的：前者多為書面語，後者多用口語。從語法上說，書面語常用完整的句式及連接虛詞，表現嚴密的邏輯關係；而口語中，很多用複合句表示的因果關係，並不用連接虛詞來表現，全憑當時語境（神態、表情、語氣、上下文）的暗示。因此，描述語言與對話在語氣的豐富程度上也是不同的。

讀過以上小說的人，只要稍加留意就會發現，《賈芸謀差》中的敘述成分比歐‧亨利的《麥琪的禮物》要少得多；而對話成分佔全文的大部，這和契訶夫的《藝術品》極其相似，只是在《藝術品》中，薩沙與人的對話有前後對稱的特點。薩沙在小說開頭和結尾，說的話意思相同，但是效果的反差卻很強烈。其他人物，醫生、律師、演員，所講的是類似的內容，只是表達方式有所差異。正是因為這樣，強化了對話的喜劇性。這樣的對話，有明顯的藝術加工的痕跡，顯然是按照喜劇結構的要求而設的，因而有強烈的形式感。而在《賈芸謀差》中，人物對話卻很自然，好像就是日常生活中人與人之間隨意的對話，找不到明顯的形式。例如賈芸和賈璉的對話，與賈芸和王熙鳳的對話之間，就沒有甚麼對稱的結構，沒有甚麼對照的形式，一切都像是隨機即興似的。

其實不然，在《紅樓夢》中，對話都是很講究的。如賈芸向舅舅賒欠香料去走王熙鳳的門子，遭到舅舅拒絕。賈芸的回答是這樣的：

> 舅舅說的有理。但我父親沒的時候兒，我又小，不知事體。後來聽見母親說，都還虧了舅舅替我們出主意，料理的喪事。難道舅舅是不知道的，還有一畝田、兩間房子，如今在我

手裏花了不成？"巧媳婦做不出沒米的飯來"，叫我怎
麼樣呢。還虧了我呢，要是別個死皮賴臉的，三日兩
頭兒來纏着舅舅，要三升米二升豆子的，舅舅也還沒
有法呢！

第一個句子是："舅舅說的有理"，第二句是說明如何"有理"。
如果是書面語言，可能要把這種因果關係交代清楚："（因為）
父親沒的時候，我又小，（而且）不知事體。"但是在口語裏，
這一切都由現場的語境暗示了，沒有必要交代了。從語氣上來
說，第一、二句都是陳述句，而第三句中的"都還虧得舅舅"，
就有了一點感歎的味道。第四句以"難道"領起，以"花了不
成"作結，是反問語氣。加強了感情作用。第五句的最後"要
是……舅舅也還沒有辦法呢！"是假定句和否定語氣的混合，
比正面肯定更為肯定。這樣，肯定的陳述，反問的強調，假定
的感歎，語氣就有三種，因而顯得豐富。

## 對話的特性

口語的句法和語氣有一種現場感，是即時的語言，是針對
現場特殊人物的語言。描述語言不具有明顯的現場性，它不是
寫給現場人物看（聽）的，而是寫給讀者看的，是讓讀者坐下
來慢慢品味的，它可以是非常文雅甚至很古典的語言。即使一

些讀者看不懂也沒有關係，可以回家慢慢琢磨。而口語是現場的，要讓對象立時就明白，當時聽不懂，感覺不到，就"過期作廢"了，白說了。所以，對話的價值在於現場的明快。

《水滸傳》寫宋江與魯智深第一次見面，宋江讓魯智深坐下，魯智深道："久聞哥哥大名，無緣不曾拜會，今日且喜得見阿哥。"魯智深沒甚麼文化，但畢竟當過軍官，他在宋江這個"大人物"面前會憋出一些書面語言來，如"無緣不曾拜會"。但他畢竟沒有甚麼文化，接下來就露出了馬腳，又土裏土氣地叫人家"哥哥"、"阿哥"。這裏的對話妙在半文不白。宋江是縣政府的工作人員，大概相當於現在的主任秘書之類的人，他看到魯智深，就用了另外一套語言："不才何足道哉！江湖上義士甚稱吾師清德。"這是用佛家的書面語言說奉承話，實際上是牛頭不對馬嘴。魯智深有不少優點，唯獨稱不上"佛家清德"。做和尚，吃肉喝酒，大鬧山門，違反了佛門的清規戒律，德行是絕對稱不上"清"的。用佛家準則來衡量，說他有點"混"還差不多。宋江接下去說："今日得識慈顏，平生幸甚。"奉承魯智深，說他的長相很是慈祥，也是馬屁拍到馬腿上。魯智深長得非常粗獷，一臉橫肉，可見是濫用文雅語言，"今日得識慈顏"，完全是胡說八道。但語言錯用，卻很生動。為甚麼呢？因為對話語言和描述語言不同，它的功能在現場語境中，暗示人物語言下潛在的情感。

比起描述語言，對話語言更加強調言外之意，表面上，好像不符合事實，好像不符合身份，但在深層的心理上，又是非常符合人物潛在的而不是表面的現場情感，人物的心態可以說躍然紙上。

對話的現場性又派生出一個特點：即興。即興就是隨意、非邏輯，不像書面語言那樣有邏輯，從頭到尾，一二三四，ABCD，甲乙丙丁，有條有理，慢慢道來。對話是在現場多種條件的刺激下隨機激發的，不是事先準備好的，不像作報告、發表演說，它是脫口而出的。但它自然而生動，如果邏輯過分嚴正，倒給人一種虛假的感覺。

小說中寫賈芸跑到他的舅舅卜世仁家裏賒些冰片、麝香，好去王熙鳳那裏"走後門"，到大觀園裏找個差事做做，混口飯吃。結果沒有借到。卜世仁拒絕得很徹底，說店裏有規矩，凡是賒欠的，都要代賠。不借，就夠刻薄的了，可惡的是，還轉過頭來教訓賈芸：你小人家，也要好好的找一個事幹幹，賺點錢養家，我看着也喜歡。賈芸覺得他嘮叨得不堪，就起身告辭。卜世仁隨機地（並不認真地）說了一句"你吃了飯去罷"，這說明卜世仁就是"不是人"，雖然已經不像個舅舅了，但還要裝面子，做出一個長輩的樣子。但他話還沒說完，他娘子就說道："你又糊塗了。說着沒有米，這裏買了半斤麵來下了給你吃，這會子還裝胖呢！留下外甥捱餓不成？"卜世仁隨機的人情，本來就不準備兌現；他老婆不讓他留，但她也沒有說不留，而是説家裏沒有米，為了不讓親戚捱餓，最好不留。拒絕讓外甥在家吃飯的理由，不是自私而是為外甥着想。卜世仁説再買半斤添上就是了，他娘子便叫女孩兒："銀姐，往對門上奶奶家去問：有錢借二三十個，明兒就送過來。"夫妻兩個説話，賈芸説了"不用費事"就跑得無影無蹤。這就是隨機對話的傑出範例，尤其是卜世仁的老婆，她隨機撒謊。第一個謊言，説家裏沒有米；接着又隨機撒了一個謊，説如果要留下來我要去借錢。一般的隨機性激發，很難有這樣的邏輯連貫性，但她的兩個隨機謊言，居然連貫得這麼緊密，説明她多麼有心機，多麼小氣，多麼伶牙俐齒，又多麼虛僞。

作家描述的時候，應該是很有邏輯的（意識流除外），而對話的時候，可以沒有邏輯，以隨機而沒有邏輯者為上。但這個情節創造了一個隨機得很有邏輯，謊言説得太機智、太有水平了。

人物的對話都要遵循一個規律，那就是符合人物的性格、文化水平、氣質，符合內心的真實感受，心口如一。但光是這樣還不夠，因為這不僅是對話的特點，也是獨白的特點。我們的小説、電視劇、話劇中的對話寫得不像對話，原因之一就是把對話與獨白混為一談了，甚至把演説當成對話了。獨白是講給自己聽的，不會騙自己，所以獨白完全是自己的真話，可以是系統的、

讀懂兩個錯位

深刻的、全面的。對話當然也要表現人物的內心，但它不是給自己聽的，而是講給現場人物聽的。人際關係不一樣，即興激發條件不同，再加上敘事文學讀者的預期和詩歌讀者的預期不一樣，所以隨機激發出來的話語，跟人物內心的東西往往不一致，用我們的話來說，就是心頭所想和口頭所說，是一種"錯位"的關係。我們把這種現象叫"心口誤差"。這也是對話的第三個特點。忽略了"錯位"、"誤差"的特點，以為人物對話心口如一，弄不好，就變成了演講。人要講真話，但一味講真話的人物卻不生動，不像活人。直抒胸臆，只能說明人的思想，而不能揭示人物感情和感覺的秘密。《駱駝祥子》中，祥子第一次丟了車，回到車廠，虎妞明明非常惦念他，卻偏偏這樣說：

祥子，你讓狼叼了去，還是上非洲挖金礦去了？

這話說得非常兇狠。不管是讓狼叼了去還是上非洲挖金礦去了，不管是交了噩運還是走了鴻運，都沒有希望回來了。把交了噩運說成是狼叼了去，說明虎妞這個實際上已經鍾情於祥子的女人，說話是如何狠毒，但又不是完全的狠毒，還流露出想念中的絕望。所以她又叫祥子"快坐下吃"。遭逢不幸的祥子明明很感動，但他不能說"好吧"。老實淳樸的祥子也說了一句與他心中實際不同而有點錯位的話："剛吃了兩碗老豆腐。"祥子本意是想吃的，但又不好意思，再說，在座的劉四爺還沒有表態呢，所以說了一句可進可退的話。先推脫一下，老豆腐，不解決問題，你再請，還可以再吃。如果說劉四爺的臉色不好看，不吃，也不丟面子。虎妞一把把他扯了過去，像老嫂子扯小叔子一樣：「快過來吃飯，毒不死你！」這個「毒」字，很有學問。「毒」是不存在的，但這其中有潛台詞，意思是說沒甚麼嚴重後果。這些語言的背後，很明確地表現了虎妞是十分關心並鍾情於祥子的，但她所用的關鍵詞卻是很嚇人的。語義的錯位越大，藝術的感染力越強。

電影《趙一曼》中，趙一曼被捕了，作者在考慮日本軍方首領見到趙一曼的第一句話時，很費了些周折。最後他決定這樣寫：「你來了，歡迎歡迎！」這明明不是歡迎，而且不但不是歡迎，其中還充滿了殺氣，流露出敵人的得意、兇殘。

用這個道理來闡釋《賈芸謀差》中的對話，可以看出他越是心口「錯位」，性格越是生動。前面所引的賈芸和舅舅的對話，明明是針鋒相對，可是表面的語言卻是和氣恭順，表現賈芸嘴巴上乖巧、順從，心裏頭卻是頂撞。後面的敍述說賈芸在當時是「賭氣」了，心裏「煩惱」，但是，口頭上他一點沒有流露出「賭氣」、「煩惱」的痕跡。他明明是在頂撞舅舅，但他先說舅父說得「有理」。實際上，具體語言所表達的，與其說是「有理」，不如說是「無理」。因為這個舅父並沒有辦甚麼值得感謝的事，外甥卻說「多虧」了他為父親辦喪事。但是，對於孤兒寡婦，舅舅僅僅限於“出主意”，並未有經濟上的接濟；其次，對於舅舅剛才的責備，口頭沒有反對，而實際上，自我感覺很好，說自己虧得沒有像別人那樣經常來糾纏借貸。從這個意義上說，舅舅倒是應該感謝自己。這麼說來，沒理的應該是舅舅，有理的應該是自己。從這裏讀者不但可以看出賈芸這張嘴的厲害，而且也可以看出他看穿了舅舅的無情薄義。可是口頭上的語言，又沒有任何露骨的犯上。雖然說不上是笑裏藏刀，但也可以說是綿裏藏針。

賈芸的口頭表達水平，在和舅舅對話的時候，可以說是盡顯其剛性的一面，而在和王熙鳳周旋的時候，卻表現出另外的一面，亦即柔性的一面。一旦他發現找賈璉轉王熙鳳，還不如直接找王熙鳳，就斷然借貸，走王熙鳳的門子。他隨機應變地連續撒謊，其不着痕迹的水平可能並不亞於卜世仁的老婆。只是他的撒謊全是為了討好王熙鳳，是為了生存，故不像卜世仁老婆那樣刻薄，所以他的謊撒得甜，不討人嫌。

賈芸見鳳姐，是一場經典的口頭交鋒，雙方口頭上都很客氣，心理上卻是充滿了對抗的。賈芸先是緩和戒備，不說是碰運氣，走門子來的，先替母親說謊，說是身體不太好，才沒有來看望鳳姐。這是第一個謊言，被鳳姐識破了，說明鳳姐一般對奉承她的人，是有戒心的。面對這樣的戒心，賈芸以重咒堅決圓謊：“侄兒不怕雷劈，就敢在長輩面前撒謊？”在撒第一個謊以後，順帶又編造了第二個謊言。不過這第二個，不是為自己母親，而是藉母親的口，對鳳姐大加奉承，說母親在家裏誇鳳姐能幹，説她"身子單薄，事情又多，虧得嬸子的好精神，竟料理得周周全全，要是差一點兒的，早就累的不知怎麼樣了。"這第二個謊言頗有工力，很甜。鳳姐明明識破了他在撒謊，聽了這番話之後，戒心弱化了，居然"滿臉是笑，由不住的便止了步。"有了這樣的苗頭，賈芸接着撒第三個謊，不説自己是借了錢買了香料來走門子的，而説偶然得了一些好藥材，母親覺得"賤賣了，可惜；要送人，也沒個人配使這些香料"。把撒謊變成十足的甜言蜜語，是賈芸的不二法門，一是強調了母親和自己的誠意，二是減輕了鳳姐接受時的心理負擔，三是抬高鳳姐品位（沒人能配使這些香料）。説到送禮目的這個關鍵上，又用一個非常卑謙的詞語"孝敬"。這顯示了他完全摸準了鳳姐的心理弱點：自恃能幹，愛聽當面奉承的話，又愛貪點便宜。這麼一來，鳳姐"笑了一笑"，舒舒服服着了他的道兒，還誇獎他"知好知歹"，這還不夠，又藉賈璉的口説他"説話明白，心裏有見識。"鳳姐的戒備心理，就這樣被賈芸一連串三個甜蜜的謊言消解了。

但到了落實差事的骨節眼上，鳳姐和賈璉溝通了以後，發現了賈芸的謊言（弄鬼）。但由於賈芸謊言的功效，鳳姐並不惱怒，相反倒是很開心。賈芸把謊言挑明當作進一步奉承鳳姐的機遇，他乘機把鳳姐的丈夫賈璉貶了一下，半真半假地説出他正為求賈璉而後悔，現在只有"把叔叔攔開",求嬸子,把鳳姐抬高到超越賈璉的權力和威望的檔次上去,鳳姐的虛榮心得到最大的滿足,鳳姐原先的戒備和賈芸不敢過度親切造成的心理距離就縮短到最小,鳳姐對於賈芸的戒備就變成了在他面前的得意和權力的炫耀:"早告訴我一聲兒,多大點子事,還值得耽誤到這會子!那園子時要種樹種花,我正想個人呢,早來說不早就完了。"到這裏,雙方的話語,就不再轉彎抹角,鳳姐的自豪感被賈芸一系列謊言激發了出來,就進入了推心置腹的層次,雙方的話語也就不再有"心口錯位"的特點了。但是,沒有前面那些曲折的謊言,這樣的推心置腹,是一點深度、一點趣味都沒有的。

# 讀懂
## 兩個極端

# 為甚麼中國古典小説
# 強調一波三折
## ——將人物打入"第二環境"

## 用極端情境逼迫人物

　　用極端情境逼迫人物的辦法是許多情節小説家共同遵守的規範，不管是曹雪芹還是川端康成，都不約而同地在這樣一種無形的磁力線的誘導下展開天才的想像。

　　不管是現實主義小説家還是浪漫主義小説家，一般都從調動人物的環境因素入手，使人物進入超越常軌的"第二環境"，再來展開其內心情感結構的變動。張賢亮在《綠化樹》的題記中曾引用阿·托爾斯泰《苦難的歷程》中的話，大意是，在清水裏煮三次，在鹼水裏泡三次，在血水裏漂三次。這説明，對人生真諦的追求得經過十分苦難的歷程。若用此來説明小説藝術，應該説更合適，把人物放在超越常軌的"第二環境"中，經受超過情感結構穩定限度的考驗，使人物的情感越出常軌。

# 逼出人物情感的兩個極端

張賢亮在這裏說的是以環境的層層逼近為特點。層層逼近常常是單方面的，如果人的情感老是從單方面挖掘，其深刻性可能是有限的，除了像《堂吉訶德》、《阿Q正傳》那樣帶有喜劇性的作品。把人物放入層層逼近的極端環境考驗，若能引出情感的兩個極端，而不是一個極端，則人物的性格就顯得異乎尋常的深刻。《貝姨》中于洛夫人忠於自己的丈夫，不管丈夫如何沉湎於酒色，她都能拒絕暴發戶花粉商的引誘，不屈從他的淫慾，雖然她知道這樣做的結果是她女兒的婚姻大事，尤其是嫁妝將難以解決。

這是情境的一極所逼出來的情感的一極。

巴爾扎克的同情心，無疑是在于洛夫人這一邊的，因而他在全書中常常流露出把這位男爵夫人寫成理想的聖女的衝動（正如在寫《歐也妮·葛朗台》時表現出的對歐也妮的聖潔化衝動一樣）。但是巴爾扎克作為一個藝術家又必須迴避情感簡單化導致概念化的危險。作為一個藝術家，他有一種直覺——把人物的情感看成一個複雜的結構。

巴爾扎克在反覆強調了于洛夫人崇高的一面以後，終於禁不住把于洛夫人向另一極推去。在于洛通姦醜事暴露、破產危機迫在眉睫之時，于洛夫人居然想向花粉商暴發戶克勒凡出賣自己（自然，巴爾扎克為了維護人物性格的統一性把其動機寫成是為了挽救丈夫）。巴爾扎克讓于洛陷入接二連三的滅頂之災，不過是為了把于洛夫人感情中的另一極給硬逼出來。聖潔的貞女與賣淫婦是如此互不相容的兩極，在于洛夫人的情感結構中竟如此和諧地統一在對丈夫的貴族式的忠貞之中。

這與自然科學家把研究對象放在相反的兩極之間加以實驗的方法基本上是一致的：把金屬放在油中不起甚麼反應，但如果放在水中就會緩慢地被氧化。這還不是全部，再把它放在火中去，它就熔化了。或者先放在酸溶液中，再放到鹼溶液中，從相反兩極中得到的信息要比一般信息多得多。讓人物越出正常軌道，進入"第二環境"，目的是為了讓人物的情感超出正常的穩定的狀態。但是情感並不那麼容易越出常態。若把它放在相反的兩極之間，失去穩定性的可能性就會大得多。把白骨精送到唐僧面前，一次沒有使唐僧醒悟，兩次也不行，在戲曲中還要第三次。白骨精化為美女，化為美女的母親、父親，都只能引起唐僧無條件的憐憫，引起對孫悟空越來越大的憤怒。最後唐僧被捉了去有立即被剁成肉醬的可能時，孫悟空再來打白骨精，唐僧才醒悟過來。

中國古典小說很強調情節的一波三折：一次打不破情感表層結構，再來第二次，二次打不破，再來第三次，就是為了達到揭開情感深層結構奧秘的目的。所以才有三打白骨精，三打祝家莊，三氣周瑜，三看御妹，三難新郎，三請諸葛亮，諸葛亮甚至要六出祁山、七擒孟獲、九伐中原，所有這些都是為了追求從一個極端走向另一個極端的效果，以達到更深地揭示人物心靈奧秘的目的。

由情境的兩個極端逼迫出人的情感的兩個極端，這是小說藝術發展歷史過程中的一個進步。在小說藝術發展的早期，人類並沒有意識到這一點。那時，人類（和他們的代表——作家）對人的精神世界的理解還是比較單純的，常常以不變的觀點來看待人的情感。這在表現人的戀愛情感方面特別明顯，人們往往一見鍾情，生死不渝。唐宋傳奇和早期意大利小說（以《十日談》為代表）都是單色調人物，忠貞和淫邪黑白分明，互相之間毫無瓜葛。不管條件發生多大變化，感情一旦產生就不可能變化。從《倩女離魂》到《碾玉觀音》都寫到一種一見鍾情——到死也不會變心的愛情。

這事實上是一種詩化了的愛情。在詩歌中，它被反覆表現過，諸如“在天願為比翼鳥，在地願為連理枝，天長地久有時盡，此恨綿綿無絕期”，說的是一種超越時空的、絕對化的、永恆不變的愛情。事實上，人的情感是一個變幻多端的複合體，它不斷受周圍環境和人物的影響，唯其是活躍的、變幻多端的，人才是有生命的。雖然，詩歌把人類感情的穩定性表現得那樣絕對化地美好，但仍然只能滿足人類體驗自己情感世界的部分要求，而不能滿足人類情感更具體、更深入的要求。

正是由於這一點，小說在受到詩歌的重大影響以後，逐漸擺脫詩歌美學的概括性，而走向心靈層次分化的道路。也正因為此，小說情境的兩個極端的目的是逼出人物情感的兩個極端。這種端倪，我們在《三國演義》和《西遊記》中還比較罕見，而在《水滸傳》和《西廂記》中就屢有所見且不以為奇了。

溫文爾雅的高級軍官林沖，連老婆被人家調戲，吃了冤枉官司又差一點被暗害於野豬林，都是一味地逆來順受。直到火燒草料場，發現高太尉派來害他性命的人，正是自己往日的朋友陸虞侯的時候，他才終於改變了自己一貫忍讓的處世態度，奮起殺了仇人。從此以後，他就變成了另外一個人，處處主動反抗，甚至有點不講理——他挑了酒葫蘆，身不由己地來到柴進莊前，向並不認識他的莊客要酒吃，人家不給，他就毫不客氣地把人家打了個落花流水。林沖從溫文爾雅、逆來順受到義無反顧、主動出手，無疑是被逼出來的。

當然，情感的兩極分化比情境的兩極考驗要複雜一些。

## 情感分化的複雜性

巴爾扎克在《歐也妮‧葛朗台》中把他年輕的主人公放在兩極情境中煎熬，首先引出的情感的一極是：查理的父親破產自殺，並不知情的風流公子查理來到歐也妮家，聞知父親的死訊，哭得死去活來，而他的伯父老葛朗台卻一毛不拔。於是，歐也妮與查理私訂終身，她把自己僅有的六千法郎積蓄全部送給了查理。歐也妮為查理流下了眼淚，兩人山盟海誓。巴爾扎克以詩化的筆調讚美了這對年輕人純真而美好的情感。正因為此，巴爾扎克筆下留情，沒有讓歐也妮去深究花花公子在巴黎與情人阿納德的行為，也沒讓查理對歐也妮的容貌、舉止留下任何不順眼的印象。

如果光有這一極，即使在量上不斷增加，例如讓查理在臨行之前或之後再流露出一些抒情的纏綿，也不會使人物性格的深度有多少拓展。所以，巴爾扎克聰明地不作同方向的疊加，而是朝相反方向探索開去，引出查理情感的另一極端。七年以後，查理發了財，這意味着處境進入另一極端，同時情感也走向另一極端。他和各種女人花天酒地胡混，早已把歐也妮忘得一乾二淨，歐也妮在他心目中留下的只是一個六千法郎債主的印象。歐也妮後來收到查理的一封來信，信上說他已和另一個女人結婚，並匯來八千法郎的匯票算是還債。這時歐也妮的處境轉入另一極，她已繼承了他父親和母親的巨額財產，但她的情感卻不像查理那樣，而是還停留在原來的極點上。本來對歐也妮這個人物來說，情感的不變是不利於人物心靈的縱深拓展的，可是如果讓她和查理同樣走向反面的一極，都變得翻臉無情，倒反顯不出她和查理的差別來了，有走向漫畫化、概念化之嫌。於是巴爾扎克採取了讓他們二人的情感拉開距離的辦法（關於拉開情感距離的規律，另有專門的論述），將人物心靈的反差充分顯示出來。

歐也妮還替查理的父親還了他生前欠的四百萬法郎的債務，排除了查理可能因父親曾經破產而造成婚姻流產的危機。歐也妮對失去的愛情極端珍視，她雖然答應與蓬風先生結婚，卻以保持童身為條件。

但巴爾扎克並不滿足於這樣極端化的對比。在他筆下，歐也妮此時的情感並不完全像她過去愛上查理時那樣充滿了詩意的純真，此時她的情感中有某種扭曲和畸形：她仍然依照老葛朗台留下的老規程過日子，雖然她擁有那麼多的財產，可非到老葛朗台允許生火的日子，決不生火，她的衣着依然與她母親一樣寒碜，她住的房子仍然沒有陽光，沒有暖氣，老是陰森森的。可是她辦了不少公益事業，用來反駁別人責備她吝嗇。巴爾扎克力圖顯示財富使她被包圍，以至於她只能平靜而枯燥地守着她情感的墳墓。

這樣，不但使她的形象與查理的形象的反差更加鮮明，而且使她的純真和她內心的貧困的反差更加豐富。

# 阿 Q 死到臨頭還不痛苦
# 是真實的嗎

## ——以喜劇寫悲劇

## 順境與逆境

不管是客觀環境的兩個極端，還是主觀情感的兩個極端，大致都可以劃分為順境與逆境兩種。在對人的情感進行檢驗的過程中，二者受作家重視的程度並不相同。一般說來，逆境更受作家的重視。列夫·托爾斯泰在《論莎士比亞及其戲劇》中說：

> 任何戲劇的條件是：登場人物，由於他們的性格所特有的行為和事件的自然過程，要他們處於這樣一種環境，在這種環境裏，這些人物因跟周圍世界對立，與它鬥爭，並在這種鬥爭裏，表現出他們所秉賦的本性。①

使人物"跟周圍世界對立"的方法，大體上可以說是讓人物處於逆境的方法。讓人物和環境鬧彆扭，讓人物不舒服，走投無路，大禍臨頭，使人物常常處於一種危機或災難之中。用反覆出現的極端的危難來考驗人物的智慧、勇氣和品性，這在古典英雄傳奇和現代偵探小說中是常用的手法。但是設置逆境只是檢驗人的一種方法，而不是全部方法。把人物安置在極端順利的環境中，同樣也可以打開人物深層情感結構的奧秘。例如，平白無故給一個一文不名的衣衫襤褸的青年一張一百萬英鎊的鈔票，這是極端的順境了，但這恰恰可以把人生最卑俗、最勢利的眼光和最純潔的愛情暴露到生活的表層。這就是馬克·吐溫在《百萬英鎊》中做的把戲。

馬克·吐溫是一個以寫喜劇小說見長的作家，因而他不像一般小說家那樣熱衷於把人物打入逆境，讓他們到水深火熱中去忍受災難的考驗。雖然這樣的小說往往具有悲劇性或正劇性的效果，但這種方法是一般作家常用的，要掌握它並不困難，把人物放在逆境中去好了，讓他突如其來地倒霉好了。英國作家羅斯金曾經很形象地描述過這種方法的訣竅：寫到寫不下去的時候，就殺死一個孩子。或者像我們在許多戲劇性小說中看到的那樣，讓成堆的死人或者橫流的鮮血來迫使人物表層情感結構瓦解，把深層的潛在的情感奧秘表現出來。

比如，在茹志鵑的《百合花》中，那個小通訊員向新媳婦借被子，不但借不到，還鬧了彆扭。如果讓他們就這麼鬧下去，人物的情感老是這個樣子，既單調無味也不深刻。茹志鵑突然讓那個小通訊員犧牲了，於是那個新媳婦和小通訊員頂牛的表層情感結構瓦解了。小說中這樣寫道：

> 衛生員讓人抬了一口棺材來，動手揭掉他身上的被子，要把他放進棺材去。新媳婦這時臉發白，劈手奪過被子，狠狠地瞪了他們一眼。自己動手把半條被子平展展地鋪在棺材底，半條蓋在他身上。衛生員為難地說：「被子……是借老百姓的。」
>
> 「是我的——」她氣洶洶地嚷了半句，就扭過臉去。在月光下，我看見她眼裏晶瑩發亮，我也看見那條棗紅底色上灑滿白色百合花的被子，這象徵純潔與感情的花，蓋上了這位平常的、拖毛竹的青年人的臉。

從實用價值觀念來看這是很奇怪的：人家生前有急用，向你借被子，你不肯；等到人家死了，被子沒有甚麼用處了，你卻一定要把被子奉獻給他。從人的情感價值來看，這是很深刻的。生前敢於和當兵的頂牛，這並不說明軍民關係壞，恰恰相反，說明軍民關係好，好到能跟你賭氣、頂牛，不買你的賬。試想，如果面對一個日本皇軍，她能這樣嗎？

關於這一點，在作品解讀時，往往容易被忽略。

有一種自發的（也許可以說是天真的）傾向讓人們認為，人們之間的關係好就是一切方面都很好，各方面表現出來的都是友好的，融洽無間的。但實際情況恰恰不完全是這樣：人們之間情感越是好，也往往就越是互相苛求。比如林黛玉和賈寶玉算是傾心相愛了，可他們之間的互相折磨也特別多。例如《紅樓夢》第二十九回中就有這樣的片段：

　　且說寶玉因見黛玉病了，心裏放不下，飯也懶怠吃，不時來問，只怕他有個好歹。黛玉因說道：“你只管聽你的戲去罷，在家裏做甚麼？”寶玉因昨日張道士提親之事，心中大不受用，今聽見黛玉如此說，心裏因想道：“別人不知道我的心還可恕，連他也奚落起我來。”因此心中更比往日的煩惱加了百倍。要是別人跟前，斷不能動這肝火，只是黛玉說了這話，倒又比往日別人說這話不同，由不得立刻沉下臉來，說道：“我白認得你了！罷了，罷了！”黛玉聽說，冷笑了兩聲道：“你白認得了我嗎？我那裏能夠像人家有甚麼配的上你的呢！”寶玉聽了，便走來，直問到臉上道：“你這麼說，是安心咒我天誅地滅？”黛玉一時解不過這話來。寶玉又道：“昨兒還為這個起了誓呢，今兒你到底兒又重我一句！我就天誅地滅，你又有甚麼益處呢？”黛玉一聞此言，方想起昨日的話來。今日原自己說錯了，又是急，又是愧，便抽抽搭搭的哭起來，說道：“我要安心咒你，我也天誅地滅！何苦來

呢！我知道昨日張道士説親，你怕攔了你的好姻緣，
你心裏生氣，來拿我煞性子！"

這些哭哭啼啼的互相試探，不但不能説明他們之間的關
係壞，反而説明他們之間關係的密切，他們互相之間對感情的
要求很高，不能容忍有任何齟齬。這幾乎是個規律。托爾斯泰
筆下的安娜和伏隆斯基也是如此。安娜為了伏隆斯基，家都不
要了，孩子都不要了，名譽也不要了。這可以説達到不顧一切
的程度了吧。然而，安娜卻不能忍受伏隆斯基有任何其他的興
趣，不能忍受伏隆斯基不把她放在最重要的心靈位置上的刹那。

不管是把人物放在逆境中，還是順境中，最關鍵的不是看
人物之間外部關係的變化，而是看人物之間內在情感的變化。

## 喜劇中的悲劇性

由於歷史的原因，逆境容易導致悲劇性效果，這種效果的不
斷重複，難免導致藝術構思的老化。要防止乃至克服這種老化，
作家得有一個特別機靈的頭腦——善於出奇制勝，化腐朽為神
奇。對產生這種老化的原因通常有一種機械的理解：以為處於順
境中，人物的情感必然是喜悦的；處於逆境中，人物的情感必然
是悲苦的。這固然是常規的、一般的情況，但對藝術來説，最重
要的不是人物常規狀態的情感，而是越出常規的特殊情感。

對藝術家來說，一個人發了財，就高興得不得了，這沒有甚麼可寫的。相反的，如果一個人中了舉人，由於太高興而發瘋，這才值得去寫。這就是《范進中舉》之所以不同凡響的地方。從客觀環境來說，是大順境，可是從主觀情感來說，卻變成了大逆境，大災難，這才有性格可挖掘，有戲可唱。吳敬梓心地比較善良，他不忍心讓這種災難持續下去，很快讓范進恢復了正常。由於後果並不嚴重，因而是一種輕喜劇的效果。如果吳敬梓更冷酷一些，不那麼心慈手軟，不讓他的瘋病輕易地好轉，那就可能變成悲劇了，魯迅在《白光》中寫的就是這種悲劇。而在《孔乙己》中則又不同，魯迅沒有把孔乙己的悲劇與某種突發的事變（accident）直接聯繫起來，相反，他把命運的變化寫得很婉曲，把因偷東西打折了腿放到幕後去，以減少其刺激性。魯迅顯然不追求事變的突然性，而是在事變之後，用悲天憫人的態度去出他小小的洋相。

從這幾個例子可以看出，把人物放在逆境或順境中後，作家如果沒有特別清醒的頭腦，就有可能落入俗套，走向順境大喜、逆境大悲的被動公式。作家的創造力在這時面臨着考驗，如果能擺脫被動，就要有某種魄力，力避客觀環境和主觀情感平行，並使之發生錯位。這是作家掌握主動權的關鍵之一。

在使人物在順境中體驗痛苦之後，作家仍然要掌握多種選擇的餘地。這是關鍵之二。至於是讓人物出一點點小小的洋相就適可而止呢？還是讓人物的洋相層出不窮，災難愈演愈烈呢？這就看作家的風格和追求了。

《范進中舉》和意大利小說《十日談》所選擇的都是適可而止，而《外套》和《一個小公務員之死》所選擇的則是洋相層出不窮，災難愈演愈烈，直至主人公死亡。

要使洋相和災難不斷衍生下去，就得有一種藝術家的想像力，而不能憑樸素的生活經驗。試想，如果光從生活經驗出發，《一個小公務員之死》的真實性是很值得懷疑的。一個小公務員怎麼可能因為打了一個噴嚏，反覆向（坐在他前面的）將軍道歉，因不被理解，最終抑鬱而死呢？人是這麼容易死的嗎？

但是追求喜劇風格的作家有權利以導致荒謬的邏輯推演他的情節。因為在這裏，不但表現了作家創造情節的自由，而且表現了作家駕馭喜劇邏輯的自由。

當張藝謀的《秋菊打官司》上映之時，許多評論家責備他美化現實，指斥他讓秋菊在城裏遇到的都是好人。但是，評論家們忘記了，這是喜劇性的作品，喜劇賦予作家總是遇到好人的權利。

作家要在自己設計的情景中不陷入被動，有一個基本概念是必須弄得十分明白的，那就是不同的風格有不同的真實標準。對於喜劇來說是真實的，拿到悲劇中去衡量，就未必說得上真實了。

比如說，阿 Q 被綁赴刑場，他已經意識到這回是去甚麼地方了。有人認為，還讓他麻木，是不真實的。他起碼應該為冤死而感到不平、痛苦、憤怒，甚至抗爭，可是魯迅卻只寫他為圓圈畫得不圓而遺憾。批評者忘記了藝術風格。在這裏，魯迅的偉大就在於：在中國文學史上，首次以喜劇來寫悲劇性的死亡。魯迅在這裏追求的不是通常的悲劇效果——後果的嚴重，群眾的憤懑，而是嚴重的後果與阿 Q 麻木的心靈之間的不相稱，以及由此而形成的怪異之感。而這怪異之感正是形成喜劇效果的基礎。

把生活中的悲劇當成喜劇來寫，這正是魯迅不同凡響之處，他的想像沒有被文學史上悲劇的優勢所束縛，而是遵循着喜劇性的歪曲邏輯自由地飛翔。這對於作家來說是非常可貴的。

同樣的情況，我們可以在捷克作家哈謝克的《好兵帥克》中看到。帥克的特點是越碰到倒霉的事，越是作出種種荒唐可笑的反應。甚至在警官書寫他的罪狀時，他還問有沒有甚麼遺漏了的。

有這樣的氣魄，獲得這樣的想像自由的作家是不多的。

---

註：

① 楊周翰編《莎士比亞評論彙編（上）》，中國社會科學出版社，1979 年，第 502 頁。

# 為甚麼豬八戒的形象
# 比沙僧生動
## ——拉開人物心理的距離

## 小說藝術的根本奧秘

在小說中，由於人物越出了各自的軌道，原來微妙地分化了的變異感知變成了激烈的矛盾衝突。由於衝突，人物各自變異的感知之間的距離就更加擴大了。

人物心理的距離保持擴大的趨勢是小說藝術的根本特點。

傳統理論認為小說的特點是情節、性格、環境等等，其實都沒有說到點子上。情節產生於人物心理距離的擴大，性格也依賴於人物心理拉開距離的趨勢，而環境則是一種把人物心理打出常軌，強化變異感知，拉開距離的條件。

小說藝術的根本奧秘就在這裏。

在一定限度內，人物心理拉開的距離越大，其藝術感染力越強；人物心理的距離越小，其感染力越弱；當人物之間的心理距離等於零時，小說不是變成詩，就是走向結束或者宣告失敗了。因而同樣是李隆基與楊玉環的戀愛故事，在詩人白居易看來，兩個人要心心相印才有詩意，尤其是七月七日長生殿裏那一段生死不渝的誓言，可謂淋漓盡致。可是在小說家魯迅看來卻恰恰相反，經過一場衝突以後，二人的真正感情已經完結，所以才需要賭咒發誓以取得對方信任。郁達夫在《歷史小說論》中回憶說：

> L先生（按：指魯迅）從前老和我談及，說他想把唐玄宗和楊貴妃的事情來做一篇小說。他的意思是：以玄宗之明，哪裏看不破安祿山和她的關係？所以七月七日長生殿上，玄宗只以來生為約，實在是心裏已經有點厭了，彷彿是在說"我和你今生的愛情是已經完了！"到了馬嵬坡下，軍士們雖說要殺她，玄宗若對她還有愛情，哪裏會不能保全她的性命呢？所以這時候，也許是玄宗授意軍士們的。後來到了玄宗老日，重想起當時行樂的情形，心裏才後悔起來了，所以梧桐秋雨，就生出一場大大的神經病來。一位道士就用了催眠術來替他醫病。終於使他和貴妃相見，便是小說的收場。

這條材料所說的事實，在馮雪峰的《魯迅先生計劃而未完成的著作》中提到過，魯迅在給山本初枝的信中也有過類似的意思，大意是，1924年因為想寫關於唐朝的小說，到西安去了一次。可見，魯迅這個念頭動了很久，創作的衝動很強烈，很可惜，這篇小說並沒有寫出來，而且連帶着這條重要的思想材料也被研究者們忽略了。[1]

魯迅對李隆基和楊貴妃的戀愛關係的看法和膾炙人口的《長恨歌》大相徑庭。粗粗看來，這僅僅是不同作家的不同風格所致，但仔細研究其間的差別，則不然。在白居易看來那最富詩意的是生生死死、超越了時間和空間、永恆不變的愛情；可是在魯迅的眼中恰恰是愛情已經不可挽回了，已經死亡了，而且在關鍵時刻被出賣了的表現。至於後來的天上人間的尋覓，只不過是神經病和催眠術（騙術）而已。很顯然，在詩人白居易眼中，以情感的永恆來強調詩意的地方，在小說家魯迅看來卻恰恰是情感走向反面、絕對煞風景、毫無詩意可言的地方。

白居易和魯迅對同一題材的不同理解，恰恰是詩意和反詩意的、追求詩意和逃避詩意的矛盾。在詩人看來感情的永恆，是令人震驚的，叫人感動的；可是在小說家看來，一見鍾情，心心相印，不但毫無性格可言，就是連情節也無從發展。如果兩個人不鬧彆扭，不發生摩擦，則永遠是心靈的表層現象，二人的性格恰恰是潛藏在深層之中的。

形式主義者什克洛夫斯基分析了普希金的詩體小說《葉甫蓋尼·奧涅金》之後，提出一個愛情小說的模式：

當 A 愛上 B，

B 覺得她並不愛 A；

在 A 經過努力，使 B 終於感到她已經愛 A，

A 卻覺得不愛 B 了。②

　　這不是詩意的心心相印，而是心心相錯。但這恰恰是小說的藝術生命所在。這不但可在成熟的古典小說中，而且可在現、當代的小說中得到廣泛的印證。它不但可以解釋《歐也妮・葛朗台》和《安娜・卡列尼娜》中男女主人公之間的關係，而且可以解釋《紅與黑》和美國小說《飄》中男女主人公的關係。說起來有點奇怪，那些越是寫得好的愛情小說，男女主人公往往越是陷於互相折磨的惡性循環中。相反，如果男女主人公一點矛盾也沒有，沒有互相折磨，沒有心口不一，也沒有動搖和變態，小說就沒有甚麼看頭了。然而在詩中，特別是在古典詩歌中，情形卻恰恰相反。所以在詩人白居易看來，唐玄宗在"七月七日長生殿"講的話是心口如一的：這一輩子愛不夠，下一輩子再愛。可是在小說家魯迅看來，這只是情感的表層（如榮格所說的"人格面具"），其深層的意思則是：宣佈今生甚至永遠愛情的死亡。有人認為魯迅比白居易深刻，白居易騙人，但讓人感覺騙得很舒服，魯迅不騙人，卻讓人覺得不舒服。

# 抓住並強化潛在的心理錯位

抓住潛在的心理錯位並使之適當強化，是小說家的職責。

為甚麼《西遊記》中最富於藝術感染力的人物不是沙僧，而是豬八戒呢？這是因為豬八戒和孫悟空、唐僧之間的心理距離拉得很大，而沙僧則一貫隨大流，自己沒有與別人迥然不同的動機和行為。在那些寫得最好的章節中，一旦發生事故，唐僧、孫悟空、豬八戒之間本來已經平衡的心理關係就要失去平衡，他們對同一對象的感知、思維就要發生分化。白骨精一出現，在孫悟空的眼中是一個邪惡的妖精，在唐僧眼中是一個善良的姑娘，而在豬八戒眼中則是一個頗具魅力的女性，唯獨沙僧沒有甚麼自己的感覺。由於感知不同，就產生了不同的情感、動機和行為。孫悟空一棒子把白骨精打死，如果唐僧豎起大拇指大加讚賞：好得很！那就沒有心理距離可言，也就沒有性格可言，沒有戲唱了。正是由於感知的不同，造成了情感、動機、語言、行為的分化，而且發生了連鎖反應，使分歧變得越來越大。豬八戒出於對女性的愛好，挑撥孫悟空和唐僧的關係，以致孫悟空被唐僧開除了。這時，豬八戒、孫悟空和唐僧的性格才有了深度，他們的個性才有足夠的反差。而沙僧，由於沒有任何心理距離，也就沒有任何藝術生命。

傳統的小說理論強調人物要有個性，要在矛盾鬥爭中表現人物，這也許都沒有錯，但其缺點是離開了人物心理結構的具體分析。本來，每個人都生活在共同的世界裏，但是由於情感的衝擊，感知變異的分化，每一個人又生活在各自感覺到的世界裏。每個人物各有其不同的色彩和音響，此一人物感到的，彼一人物可能完全麻木不仁。同樣一陣風吹來，一萬個人物有一萬種不同的變異感覺，在不同的感覺基礎上產生了不同的動機。面對白骨精，唐僧和孫悟空拉開了感覺距離，如果豬八戒在這時完全同情孫悟空，或者與唐僧的感覺完全一致，那麼，他就不可能有任何藝術生命。豬八戒之所以有藝術生命，就是因為他的感知和情感既不同於孫悟空，也不同於唐僧。在對待白骨精的問題上，豬八戒有他自己的潛在動機。他感到平時老受孫悟空欺壓，此時正好乘機刁難他一下。這種刁難並不純是惡意報復，其中還包含着豬八戒意識不到的愚蠢和性意識。他與孫悟空為難，並非出於對唐僧取經事業的忠誠。他那豬耳朵中藏着二分銀子，隨時隨地都準備在取經隊伍散夥時，當作路費回到高老莊去當女婿。由於有了這樣潛在的朦朧的深層動機，豬八戒就有了更加不同於孫悟空和唐僧的想像、夢幻、判斷，乃至思維的邏輯。而且這種與唐僧、孫悟空拉開距離的感知和情感還相當飽和，相當強烈。而沙僧之所以缺乏藝術生命，就是因為他在任何事變面前，都沒有自己的不同於上述三個人的動機、幻覺、情感和推理邏輯。在關鍵時刻，吳承恩不是把沙僧忽略，留在敍述的空白中，就是把他拉出來無感知、無動機地跑龍套。在《西遊記》中有那麼多妖魔鬼怪，藝術生命力普遍不強，原因就在於他們只有共同的動機：千方百計吃唐僧肉，以求得長生不老，卻沒有任何在感知上、情感上互相拉開距離的特性。

拉開人物的感知距離，同時得拉開動機的距離。這裏的動機主要不是意識層的動機，而是潛意識中的動機。人的感覺器官對於情感、動機，包括潛在動機以內的信息最為靈敏，而對於此外的信息則相當遲鈍，有時甚至視而不見、聽而不聞、嗅而不覺。

對文本分析來説，關鍵在於要善於辨析人物潛在的初始動機的微妙差異。初始動機的差異也許極其細微，但經過反覆打出常軌的連續性反應，後續動機的差異就可能遞增性地擴大，從而引起整個心理系統的距離擴大。如果不善於作這樣細緻的辨析，則可能離開人物自身的心理深層運動，而求諸外部的表面的動作。

越是在關係親密的人物之間洞察潛在的動機，反差就越是深邃。

在巴金的《家》中，寫了那麼多的愛情，其中寫得最動人的是覺慧和覺新的悲劇，寫得最不動人的是覺民的愛情。這是因為覺民和琴不但在感情上水乳交融，而且在行為上互相支持。在任何事變中，他們的動機都沒有任何錯位，因而其感知也完全統一，沒有拉開任何距離。而覺慧與覺新在各自的愛情中，與對方在動機上都發生了微妙的錯位。高老太爺要把鳴鳳送給六十多歲的馮樂山為妾，鳴鳳去找覺慧，如果順利地告訴了覺慧，事情就不至於嚴重化。然而由於覺慧忙於辦刊物，很少在家，拖延了時日。到了期限的最後一天，五內如焚的鳴鳳不顧一切地衝進覺慧的房間。鳴鳳的動機是把危機告訴覺慧，而覺慧卻因忙得不可開交，請鳴鳳等一兩天，他會主動去找她。僅僅因為這一點小小的時間上的錯位，便導致鳴鳳產生了後續動機——自殺殉情。這是因為，在關鍵時刻，兩個人處在不同的感知世界中。他們之間不但拉開了心理距離，還拉開了行為上的距離，而且是永遠不可能縮短的距離，因而產生了悲劇的震撼力。如果巴金在此時心慈手軟，把兩個人暫時的動機錯位取消，使之重合，二人的感覺、知覺、動機、行為邏輯很快合二而一，覺慧就可以帶走鳴鳳，發出比翼齊飛的豪言，這就成了郭沫若式的詩的概括了，恰恰與小說形式的審美規範背道而馳。

覺新的愛情悲劇更動人，這是由於他處在愛的三角關係中，每一方的動機都有相當大的錯位，每一方的動機都不像覺慧那樣單純，都不是由一個因子，或者正反兩個因子構成的，而是由一系列因子交錯而成的。因而在他的情感結構中飽和着錯位的潛在量。覺新和梅相愛甚深，然而不能結合。覺新和瑞珏結婚後，二人也甚相愛。但覺新由於梅的存在，與瑞珏有距離；梅與覺新之間則由於瑞珏的存在也有距離。梅與瑞珏在愛情上雖有矛盾，但在相處之間卻互有好感。覺新沉溺於瑞珏的溫存撫愛之中，又不能忘情於梅，他對梅的追尋和詢問，得到的只是梅的迴避。覺新的形象被有些評論家稱為"世界性的典型"，其特點是當他內心的動機與屈從外部環境的動機矛盾的時候，他總是在行為上扼殺自己內心的動機，然而在許多場合又殺而不死，還在行為上表現出來，結果是他的動機經過多層次的變異，變得畸形而扭曲。這種扭曲了的動機就注定他總是與他喜愛的，應該保護的人之間拉開心理距離。

　　拉開心理距離的規律在古典小說中就普遍存在，在現代小說中表現得更明顯。古典小說，特別是在其草創前期，免不了受到當時已經很發達的詩的影響，因而在《十日談》中，在唐宋傳奇乃至宋元話本中，常常有男女主人公一見鍾情，生死不渝，永遠不拉開心理距離的故事。如《倩女離魂》、《碾玉觀音》、《賣油郎獨佔花魁》之類，一旦愛上了，就永遠心心相印了。但隨着小說藝術的發展，人的情感的縱深結構也逐漸變得複雜，愛的變幻也越是突出。到了《杜十娘怒沉百寶箱》的時候，中國古典小說藝術才開始脫離詩的影響而走向獨立發展的道路。至於作為小說藝術的頂峰——《紅樓夢》，則更是把相愛的雙方（賈寶玉、林黛玉）置於心理永遠不能完全重合的境地，直到林黛玉死去，也沒有讓他們心心相印，他們始終生活在不同的感知世界中。

　　一般情況下，拉開的距離越大，就越能提高小說的藝術感染力，但也不是絕對的，而是有條件的。第一，拉開距離的人物必須有相當緊密的情感聯繫，如兄弟（覺新、覺慧）、情人（寶玉、黛玉）、戰友等等。嚴格地說，越是處在緊密的情感聯繫之中，越是拉開了心理距離，就越能提高形象的審美價值。第二，如果距離拉得太大，大到完全失去聯繫，比如梅出嫁以後，就再也不到覺新面前來了；覺新有了瑞珏以後，就把梅淡忘了。這樣就不但不能導致審美價值的提高，反而會使審美價值下降。正是因為這樣，巴金才找了一個避難的藉口，讓梅又出現在覺新面前。托爾斯泰也並沒有讓伏隆斯基不愛安娜，如果真正不愛了，就如心心相印一樣，是很難激起人物心理立體縱深結構的充分調節和翻騰的。

　　這一點不但體現在情節的設計上，而且滲透在小說的一切細部之中，例如許多第一人稱小說中的“我”往往成為多餘人物，原因是他們常常與某一主人公的心理完全重合。而在魯迅《祝福》中的那個“我”和在《孔乙己》中的那個小店員，因為與祥林嫂和孔乙己拉開了距離才有了生命。如果祥林嫂問“我”人死了以後有沒有靈魂，我回答說：“沒有。”祥林嫂的心靈痛苦自然會減輕些，可是《祝福》的悲劇性卻被大大削弱了。

如果那個小店員對孔乙己懷着的不是不以為然的態度，而是完全同情的態度，那《孔乙己》中輕喜劇的調子就該變成抒情的了。

中國古典小説中的大團圓之所以不好，除了不真實以外，還不藝術。人物的心理都重合了，還有甚麼好看的呢，所以近代西方小説避免寫大團圓，即使不得不寫這樣的結尾，也大都寫到接近大團圓就戛然而止了。有時情節已經結束了，作者還不罷筆，如果那不是敗筆，就是很值得欣賞一下的了。例如海明威在《老人與海》的結局之後加上了一個尾聲。老人歷盡千辛萬苦得到的是一副鯊魚骨架，橫在海灘上，這副魚骨頭的尾巴被潮水沖得晃來晃去。這時來了一群旅遊者，其中一個女人問明白了這是鯊魚骨頭後大為讚賞起來：

　　"我還不知道鯊魚有這麼漂亮的、樣子這麼好看的尾巴呢。"

　　"我也不知道。"

　　在路那邊，老頭兒又睡着了。他依舊臉朝下睡着，孩子在一旁守護他，老頭正夢見獅子。

這個女人很欣賞鯊魚骨頭的美，但是她並不了解這個老頭子真正的美（那是一個海明威式的硬漢，一個失敗的英雄）。她和老頭子都沉浸在自己的感知變異的世界裏，老頭子夢見的獅子和女人讚賞的鯊魚拉開了距離，這就使老頭子的孤獨感和女人的膚淺形成了反差，因而使整個小說的尾聲變得特別的意味深長。這種意味對於讀者是一種推動，讓他去想像生活中人與人之間的種種隔膜，同時也是一種享受。

註：

① 參見孫紹振《詩人眼光和小說家眼光的交織》，見《挑剔文壇》，福建人民出版社，2001年，第152頁。

② 什克洛夫斯基《故事和小說的構成》，見《小說的藝術》，社會科學文獻出版社，1999年，第86頁。

# 讀懂
## 兩個環境

# 通過假項鏈、真項鏈、假金幣暴露人物的內心隱秘

## ——超現實的和現實的第二環境及其功能

## 境界的假定性

讓人物越出常軌有兩種：一種是進入非常規的現實境界，一種是進入非常規的虛幻境界。表面上看來，現、當代小說所設置的大都是現實境界，只有童話或者神話、武俠小說才是虛幻的假定的境界。其實，不管甚麼樣的題材，設置的境界都帶有假定性。只是有些假定境界的特點是超現實的夢幻性的，有些假定境界是模擬現實的。

超現實的境界，在西方表現歷史和表現未來的小說中比比皆是，但這些都非小說的正宗。在西方小說中，用得最多的是夢境。例如美國作家霍桑寫了青年大衛‧史萬在大樹下做了一個夢，夢中見到三個人，一個可以使他發財，一個可以使他獲得愛情，一個則領他走向死亡。作者的目的顯然是把人物放在三岔路口加以檢驗，這種檢驗的機會在現實生活中是很難遇到的。

正是因為很難，才需要作家的想像。拘泥於生活的逼真性，不可能有足夠的自由的想像力。欣賞作品，不僅僅欣賞人物，而且要欣賞作家自由的想像力。

小說創作的構思，首先遇到的問題是，在必要的時候，敢不敢稍稍超越現實，讓人物進入虛幻境界；敢不敢像《南柯太守傳》的作者那樣，讓人物在一頓小米飯還沒做熟的時間裏，就在夢境中經歷幾度宦海沉浮；敢不敢像卡夫卡那樣讓他的主人公一夜之間由人變成一隻大甲蟲，然後再去檢驗他和他父親、母親、妹妹之間關係的變化。

當然，把人物推到虛幻境界，也就是非常規環境或第二環境，就意味着把人的心理放在假定的熔爐中鍛煉。假定性就是一種想像性，在現實生活中人是不能拿來作試驗的，但在想像中卻可以自由地剖析。

現實主義的或者傾向於現實主義的作家常常把現實性的描寫和假定性的構思結合得非常巧，也就是說，把假定性掩蓋得非常自然。但是不管多麼巧妙，仍然是可以分析出來的，有時只要拿一些相類似的作品來比照一下就行了。

例如，要看出莫泊桑在《項鏈》中如何運用假定性構思來檢驗他的女主人公，不是那麼容易的。一個女人為了在舞會上出一下風頭，借了一條項鏈，出足了風頭之後，項鏈遺失了。為此，她付出了十年青春的代價，結果發現項鏈是假的。一般讀者，甚至研究者，一下子很難看出作者的匠心：項鏈本是贋品，但被"假定"為真的，而且長達十年。作家就是利用這個假定讓讀者看到，這個表面看來十分虛榮的太太，在陷入困境以後，居然變成了一個非常勤儉的主婦。但是把這一篇和另一篇小說《珠寶》聯繫起來就不難看出作者假定藝術的奧秘。小說《珠寶》寫一位太太接受情人的珠寶，明明是真的，可她丈夫卻一直以為是假的。直到她死後，才在無意中發現是真的。本來讀者和女主人公的丈夫一樣以為她是一個正統純潔的妻子，而真項鏈的巨大價值，卻使讀者明白過來，這正是她和富人偷情的鐵證。

把真的當作假的時間那麼長，等到發現錯了，人都死了。人雖然死了，可是在丈夫眼中卻變成了另外一個人。

究竟是真是假，並不重要，重要的是真真假假有利於人的情感深層結構的檢驗。

# 假定境界的功能

在現實境界中，由於種種社會道德、倫理關係的制約，人的心理自由是有限的，有的只是現實出路，沒有任何自由選擇的可能。而在沒有選擇的環境中，人的性格只在一種可能性中得到單側面的表現，只有把多種選擇放在人物面前，人物性格的多種潛在性才會萌發起來。即使最後得到表現的仍然是一種，但在多種可能性面前作抉擇的過程中，仍然能使性格的許多側面從隱性化為顯性。

如果一個守財奴戀愛，讓他愛上一個富甲天下的千金小姐，這是生活常規，沒有任何選擇餘地，也不能使這個守財奴越出生活的常軌，無從進入假定境界。但是，狄德羅說了："如果你寫一個守財奴戀愛，就讓他愛上一個貧苦的女子。"（《西方美學史‧第九章 法國啟蒙運動：伏爾泰，盧梭和狄德羅》，人民文學出版社，1979 年）這樣比較容易把他逼出生活的常軌，進入一種假定境界，在他面前選擇餘地較大，因而表現也就可能深刻。果戈理在《塔拉斯‧布爾巴》這樣帶史詩性的英雄主義傳奇中，就讓一個哥薩克戰士愛上了敵方圍城中的波蘭小姐。

馬克‧吐溫的《敗壞了赫德萊堡的人》就得力於用現實的描述手法，提供了一個假定的境界，讓人物本身作自相矛盾的選擇。小說假定了一個最清高、最誠實的，享有"不可敗壞"的聲譽的市鎮──赫德萊堡。假定的目的是"敗壞這個市鎮"。實施假定動作的主體，是─個被得罪的外鄉人，他決計要報復。

假定報復（亦即檢驗）的方法是：外鄉人把一口袋東西送到銀行出納家中，留下一張條子說口袋裏裝的是金元。這些金元贈給一位使他改邪歸正的恩人，不管是誰，只要能說出當初規勸他的那句話。馬克‧吐溫就用這個假定對這個市鎮上的人的心理進行檢驗。報紙上登出這條消息以後，市鎮上 19 位"首要公民"和他們的太太都喜氣洋洋，想冒充那位不存在的恩人。三星期以後，19 位首要公民分別收到內容相同的信，信中透露那句話是"你決不是一個壞人，你去改過自新吧"。到了揭曉的日子，全體居民集合在鎮公所大廳，結果 19 位首要公民中的 18 位一一當眾出醜。只有一位，因有某種私人關係保護，沒有露餡。於是他被歡呼為"全鎮最廉潔的人"。然後，口袋被當眾打開，結果其中並不是金元，而是鍍金的鉛餅。

藝術的假定，使赫德萊堡"不可敗壞"的美譽輕而易舉地被敗壞了。如果沒有這個假定，要逐個戳穿 19 位首要公民的假面具是很費周折的。但是一旦讓他們受到誘惑，一旦站在假定的不存在的財富面前，他們外表的誠實、清高就立即剝落了。也許在常規生活中，一輩子也不會暴露的醜惡心靈，在假定境界中，很快就昭然若揭了。與其說馬克·吐溫這篇小說在成功地揭露，還不如說他善於成功地假定。

假定性是一種熔爐，作家以非常殘忍的客觀性去試驗他的人物，考驗人物的品德和本性。

當然，馬克·吐溫在假定過程中，運用了有限的虛幻性，這個外鄉人為甚麼要這樣挖空心思拆赫德萊堡的台，並沒有充分現實的解釋，但這是假定性允許的，作家有權利公然運用這種假定性。有時，還可以更加虛幻一些，把人送進夢境，甚至怪誕到突然讓人變成一隻大甲蟲，全身長出許多腳。卡夫卡就這樣把主人公格里高爾·薩姆沙放進外在形態變異而內心感知不變的假定境界，然後看他與父親、母親、妹妹之間的關係如何變形。他失去了人的習慣，失去說話的能力，產生了"蟲性"，不肯吃新鮮的東西，而要吃腐爛的食物，然而他仍然保持着人的感知特點和思維能力。他一直自慚形穢，躲在沙發底下不敢見人，偷聽隔壁房間家裏人對他的議論，為親人的煩惱而感到悔恨。他的醜陋形狀把母親嚇得暈了過去，他父親氣惱不過向他扔蘋果，其中一個陷進他的肉裏，始終沒挖出來。

由於他不能工作，家庭經濟陷入困境，久而久之，最同情他的妹妹也對他產生了厭煩，向父母提出："一定得把牠弄走。"媽媽用鄙夷的眼光看他爬來爬去。而房客們由於發現了他而憤然離去，家裏又失去了一份房租收入。父親把這種尷尬都歸咎於不幸的兒子，妹妹乾脆把他的房間一鎖了事。格里高爾在所有的親人都厭棄了他以後，在極端的孤獨中悄然死去。

超現實的怪誕和現實性的描繪結合起來構成一種混合的假定性熔爐，這是《變形記》的特點，但是不管這熔爐多麼怪誕，試驗的結果——人與人之間的疏離，小人物的孤獨感，卻完全是現實社會的反映。

其實，任何假定的境界都是假定性與現實性的統一。而假定，也不一定非得採取某種超現實的怪誕形式不可。在小說家那裏，假定境界就是一種想像境界。每個人都有一個不能自由選擇的現實環境，作家要試驗人就得為人在想像中找到第二環境，這種環境可以是超現實的夢境，也可以是非常現實的，但都得是正常生活軌道以外的一種環境。

# 海明威修改了三十九次
# 的對話有甚麼妙處
## ——人物的對話和潛對話

　　人物的感覺世界是一種立體的結構，這是由於人的意識世界是一種立體的結構，由於意識有它的顯性層次和隱性層次（潛意識），導致感覺也有顯感覺和潛感覺的緣故。意識的這種複合層次，不僅影響到人的感覺，而且影響到人的行為，因而人往往有下意識的行為，夢遊性行為，在特殊情況下，還有連意志也控制不住的神經質發作。《安娜・卡列尼娜》中，安娜在伏隆斯基墜馬以後的行為就屬於這一類：

　　　　當伏隆斯基翻下馬來，安娜大聲驚叫了一聲的時候，並沒有甚麼稀奇的地方。但是後來安娜的臉上起了一種實在有失體面的變化。她完全失去主宰了。她像一隻籠中的鳥兒一樣亂動起來，一會起身走開，一會又轉向貝特西。

　　　　"我們走吧，我們走吧！"她說。

士官帶來了騎者（伏隆斯基）沒有受傷，只是馬折斷了脊背的消息。

一聽到這消息，安娜就連忙坐下，用扇子掩住臉。阿列克謝‧亞歷山德羅維奇看到她在哭泣，她不僅控制不住眼淚，連使她的胸膛起伏的嗚咽也抑制不住了。

這種行為主要由潛意識控制。這種行為變異，對於人物的社會交際來說是不利的，但對藝術家來說卻是十分珍貴的。除行為變異以外還有語言變異，《靜靜的頓河》中，李斯特尼次基被奧爾加‧尼古拉耶夫娜吸引，對着她看，覺得她分外漂亮，屬於感知變異，而盯着她出神時的答非所問則屬於語言變異。

## 小說人物對話中的心口不一

語言變異，涉及人物的對話。

通常人們以為人物對話的職能就是把心裏想的都說出來，這是一種誤解。

人物心理不是平面的，人物的語言也不是平面的。人的語言也像人的意識和人的感知一樣，有表層和深層的區別。事實上，只有在歌劇和話劇的獨白中，人物才傾向於把心靈深處的思緒傾瀉出來。在小說對話中，人物很少直截了當地講真話。

只有在很獨特的環境和條件下人們才講真話，如在酒後或者特別的情緒爆發中……總之是在情緒不受意志控制的情況下。還有一種情況，那就是還沒有學會用意志控制自己的語言時，例如小孩子或者《紅樓夢》中的傻大姐之類。除此以外，人們的對話是比較複雜的。雷班在《現代小説技巧》中説：

> 我們説的話，並不是心裏所想的，我們説話時常常轉彎抹角加暗示，然後就開始繞彎子，我們用語言掩飾心裏所想的。[①]

這個説法很精彩，對話的妙處並不是像一些馬大哈的電視劇作家想像的那樣，直接表達人物的情感和思想；恰恰相反，是繞着彎子去"掩飾心裏所想的"。

浩然在小説《月照東牆》中寫一個農民外出，他妻子難產。老隊長尚友朋打算抬這個女人進城到醫院搶救，可是他的老伴想不通。草稿中是這樣寫的：

> 老頭子放下碗，綁上一副擔架，就要往醫院裏抬。尚大娘很生氣，上前一把扯住老頭，氣哼哼地説："我不能讓你去！當隊長沒領這份錢，幹一天活了，剛才你還喊腰痛，再抬個人跑幾十里，你還要命不要？"[②]

這話說得很直，可謂直抒胸臆，但是浩然把它修改了：

> 尚大娘很不高興，心想，幹了一天活，剛才還喊腰疼，這麼大歲數，再抬人跑幾十里地，受得住嗎？於是說："你呀，越來越不守本分了，這是老娘們的事兒，你可摻乎甚麼？再說，你還是個叔公輩哩，一點倫理都沒有啦。"③

這顯然比原來的寫法生動多了。原因是：第一，老太太心裏想的是一回事，説出來的又是一回事，她的語言不是表達她的思想，而是掩飾她的思想，不過她找到了一個堂而皇之的、使老伴幾乎無法反駁的理由，而且這樣説更符合她的身份，更符合她與老伴的關係和當時環境的特點；第二，從讀者來説，不但看到了老大娘的表層語義，而且看出了她的深層語義。在表層與深層、在心與口的誤差中，讀者對人物的心靈有了新的領會。

可以説，凡是寫得精彩的對話，都有這種心口誤差的特點，正是在心與口不一致的地方，人物的對話顯出了立體感。斯坦尼斯拉夫斯基表演體系強調，演員進入角色時，不但要理解人物的台詞，而且要想像人物的潛台詞。

事實上對話的最高藝術效果是由對話和潛對話的錯位結構造成的。

《紅樓夢》的對話十分精彩，其中絕大部分都有這樣的特殊結構和特殊效應。例如《紅樓夢》第二十四回，賈芸想討好王熙鳳以便鑽進大觀園混個差事，但自己又沒錢送禮，就向舅舅卜世仁去賒一些料，不料反被訓了一頓。賈芸聽他嘮叨得不堪，便起身告辭。世仁並不認真地說了一聲：「你吃了飯再去吧。」

　　一句未完，只見他娘子說道：「你又糊塗了。說着沒有米，這裏買了半斤麵來下給你吃，這會子還裝胖子呢！留下外甥捱餓不成？」卜世仁說：「再買半斤來添上就是了。」他娘子便叫女孩兒：「銀姐，往對門王奶奶家去問，有錢借二三十個，明兒就送過來的。」夫妻兩個說話，那賈芸早說了幾個「不用費事」，去的無影無蹤了。

這段對話的妙處在於，公開聲言，不留賈芸是因為怕留他捱餓，及至留了，又去借錢買麵招待他，看起來是非常慷慨的，而對實際情況，作者雖不置一詞，讀者已十分明白。這個女人明明是鬼也騙不了的，連她自己也騙不了的，然而她表演得那樣認真，剛編了一通謊言，又激發出另一通謊言，編得這樣有邏輯性，有這樣本事的人是很少的。儘管如此，讀者仍然不難看到她表層慷慨的語言和深層吝嗇的心機之間的反差。

# 西方現代小説中的心口誤差

這種很明顯的心口誤差在古典小説中是常見的,但在西方現代小説中,情況就不像這麼簡單了。如果沒有一定的修養,是很難看出其中的妙處來的。

海明威的《永別了,武器》(林疑今譯,上海譯文出版社,2004 年),其結尾據作者説修改了三十九次。寫的是主人公在第一次世界大戰的戰火中逃亡,與愛人會合到中立國瑞士隱居,但妻子卻因難產死了。作品的結尾就是寫男主人公在得知妻子已死於產房後的心情:"我走進房去,陪着凱瑟琳,直到她死去。她始終昏迷不醒,沒拖多久就死了。"這時,經歷了許多悲歡離合和人世滄桑的主人公亨利先生該有多麼強烈的內心震撼呀。但是善於"白癡一樣敍述"的海明威,並不讓他的主人公像莎士比亞作品中的人物那樣,長篇大論地宣泄他心中的苦悶,也不像司湯達爾那樣去剖析他內心的複雜思緒,甚至也不像托爾斯泰那樣去展示他的感覺與潛感覺。海明威擅長的是用平靜的對話掩蓋不平靜的潛對話。

> 在房外長廊上,我對醫生説:"今天夜裏,有甚麼事要我做的嗎?"

這表明妻子死了,亨利好像很冷靜,開始考慮善後。

"沒甚麼。沒有甚麼可做的。我能送你回旅館吧？"

"不，謝謝你。我在這裏再呆一會兒。"

表面上很冷靜的樣子，可是內心並不冷靜。明明沒有甚麼事可做，卻還要呆在那裏。這就留下了極大的空白，這裏口頭上講的與心裏想的開始有了誤差。醫生說：

"我知道沒有甚麼話可以說。我沒辦法對你說——"

醫生實際上要說的是，沒有保全他妻子的生命，感到萬分抱歉，但他無從說起。

海明威全部的努力都用來不讓人物直接說出自己的心情，人物的語言只是他心情的一種線索，供讀者去想像。

"晚安，"他說。"我不能送你回旅館嗎？"

"晚安"在英語中，用來告別，可是告別了，又提出送亨利回旅館，可見醫生的對話與潛對話的距離，讀者的想像在這裏有了激活的可能。

"不，謝謝你。"

"手術是唯一的辦法，"他説。"手術證明——"

"我不想談這件事，"我説。

"我很想送你回旅館去。"

"不，謝謝你。"

他順着走廊走去，我走到房門口。

在這一段海明威苦心經營的對話中，最動人之處在於，醫生反覆提出送亨利回旅館，實際上是説不出的歉意在反覆衝擊着他的心靈，而亨利卻無動於衷，這是為甚麼呢？待他走進了停着他妻子屍體的產房，敏感的讀者才逐漸有所領悟。

"你現在不可以走進來，"護士中的一個説。

"不，我可以的，"我説。

"目前你還不可以進來。"

"你出去，"我説。"那位也出去。"

但是我趕了她們出去，關了門，滅了燈，也沒有甚麼好處。那簡直是在跟石像告別。過了一會兒，我走出去，離開醫院，在雨中走回旅館。

原來亨利潛在的意向是到停屍的產房去和妻子告別，因而他對醫生的好意和歉意非常麻木，而且他的這種意向越來越強烈，護士的阻攔只能引起他的暴怒。

平靜的應對和強烈的動機形成反差，外在的動作性越小，內心的動作性越大，二者的對比度就越強烈，這樣的對話也就越能激活讀者的想像力和理解力。

在二十世紀西方現代小說乃至電影的對話中，追求的就是這種對話與潛對話的反差效果，只要拿這段對話和笛福的《摩爾·弗蘭德斯》中的對話一比較，就可以看出，不到三個世紀的歷程中，對話作為一種藝術手段已經有了多麼驚人的發展。笛福的那篇小說是用第一人稱寫的：

"親愛的，"有一天他對我說，"我們到鄉間去玩玩好不好？大約一個星期的時間。""噢，親愛的，"我說，"你要去哪裏？""哪裏都可以，"他說，"我很想像貴人王公似的過一星期，我們就去牛津。""我們怎麼去法？"我說，"我不會騎馬，坐馬車又太遠。""太遠！"他說，"乘六匹馬的馬車到哪裏都不嫌遠。我要你像個女公爵似的和我出去旅遊一番。""好吧，"我說，"親愛的，這雖然有點胡鬧，可是只要你喜歡，我就依順你。"

這樣的對話用現代小說藝術的觀點看，有點像中學生的作文，既沒有表層語義的趣味，又沒有深層語義的內在動作，更沒有二者的反差造成的張力效果，口裏說的和心裏想的完全一致，甚至比心裏想的還要囉唆。像這樣的情景，在現代小說中無論如何不適合用對話來表現，而只能用敍述語言帶過，甚至連敍述語言也不用，而應該放在敍述的空白中的。

儘管現代小說的對話藝術已經高度發展了，可是仍然有不少缺乏經驗和才氣的小說家用笛福那樣毫無對話性的語言寫對話，這就造成了當代小說對話水平的低落。有時，甚至在很有才氣的作品中也會發現一些廢話。許多作者寫了多年小說還沒有自覺地意識到小說中人物對話與生活中人們對話的區別，更不明白小說對話與話劇、歌劇人物對白、對唱在藝術原則性上的區別。

三毛是很會說故事的。這在《哭泣的駱駝》（中國友誼出版公司，1985 年）中，可以清楚地看出來，故事一環扣一環，越讀到後來，越讓讀者緊張。但是，在展開情節的時候，三毛卻不善於運用概括的敍述，而常常代之以人物對話。上述作品中，在環境和人物命運發生重大波折時，三毛竟用非常蹩腳的對話來交代。作品中的"我"問男主人公在這兵荒馬亂的時候，回到這麼危險的地方來幹甚麼，男主人公回答說是來看女主人公。在這樣的情況下用上一兩句話，本來是情有可原的，但對話之平淡無奇與情勢的緊張簡直不能相稱。這就使口味很高的讀者感到倒胃口了。然而，三毛似乎並不知道自己在對話方面用筆是很拙的，所以她竟然把這種低水平的對話無節制地寫下去。下面是"我"和男主人公接下去的對話：

"（你）一個人？"

他點點頭。

"其他的遊擊隊呢？"

"趕去邊界堵摩洛哥人了。"

"一共有多少？"

"才兩千多人。"

"鎮上有多少是你們的人？"

"現在恐怕嚇得一個也沒有了，唉，人心啊！"

"戒嚴之前我得走。"巴西里坐了起來。

"魯阿呢？"

"這就去會他。"

"在哪裏？"

"朋友家。"

"靠得住嗎？朋友信得過嗎？"

巴西里點點頭。

這樣的對話至少有兩點值得研究：一是不必要的冗長而且稀鬆，與作者所依仗的情節的戲劇性、變幻的緊張性不相稱；二是缺乏內在的深度，人物的口頭表達和人物的內心激動沒有對比，沒有張力。人物內心的複雜變幻本來是要用言外之意去提示的，可是三毛卻沒有注意到那口頭表達不出來的"潛在的對話"的重要性。而沒有"潛在對話"的對話是沒有人物心理的立體感的。

註：

①②③　參見孫紹振《文學創作論》，海峽文藝出版社，2000 年，第279 頁。

# 《西遊記》中動物的特點

## 神話與人的願望

從表面上看，《西遊記》裏許多人物都有超現實的神通，能呼風喚雨，騰雲駕霧，尤其是孫悟空，一個筋斗十萬八千里，拔一根毫毛，要它變成甚麼就變成甚麼。這些都是不科學的，但並沒有騙人的感覺，反令人感到十分親切。為甚麼呢？因為這些雖然都是幻想，但卻都是人的幻想，它表現的是人的願望。

人希望能超越大自然的局限，達到更高的自由境界。

吳承恩寫作《西遊記》是在十六世紀末的明朝，沒有火車、汽車、飛機，連騎馬都不普及，交通十分不便，外省的書生要到京城去趕考，步行帶乘船，可能要用好幾個月時間。一路上花費且不說，風餐露宿，一旦有個傷風感冒，也許就趕不上考期，這一誤就是好幾年。在那個時候，哪怕是想像一下，要是能有騰雲駕霧的功夫，成千上萬里路，一眨眼就到，該是多麼過癮。

所以馬克思説：神話是在幻想中征服自然。

初讀《西遊記》要注意的第一點就是：神仙是超人的，但神仙的法術卻只是人的願望。不懂得這一點，把幻想的神話當成真實的故事，就可能迷糊。幻想不是科學，但幻想、想像表現了人的願望，哪怕是幼稚的，也是心靈的財富。不懂得這一點，就很難欣賞"千里眼"、"順風耳"、長生不老、成仙得道之類的妙處了。

要注意的第二點是：神仙妖魔雖然是人編出來的，但並不是瞎編，那些神仙妖魔的心理其實就是人類自己的心理。神仙妖魔的內心活動都是人的內心活動，不管是好心腸還是壞心眼，都一樣。以孫悟空為例，他本是"妖"，後來，又超越了妖，和神仙差不多。但不管他神通有多大，他心裏總是充滿了人情味。他不把現成的規矩當一回事，他任情率性，天真爛漫，天不怕，地不怕，樂觀機智，英勇頑強，不管幹甚麼事情都毫無畏懼感。即使打上神聖的靈霄寶殿，被天兵天將包圍，他也能從容對陣，隨機應變，直打得玉皇大帝膽戰心驚，天兵天將丟盔卸甲。當他身處逆境的時候，哪怕面臨滅頂之災，也總是無所謂、胸有成竹，甚至裝出一副老油條的樣子。這種精神是一隻猴子不可能有的。這和我們看米老鼠、唐老鴨覺得有趣、親切是一個道理。有誰會把他們僅僅當成老鼠和鴨子呢？真老鼠可沒有米老鼠那麼多孩子氣的機智，真鴨子也沒有唐老鴨那麼憨厚。

# 兼具神性、人性與動物特點的神話人物

　　欣賞《西遊記》還有一點要注意。那就是作者並沒有把孫悟空、豬八戒僅僅當作人來寫，他非常細緻地突出了他們作為猴子和豬的特點，而且不乏神來之筆。比如，孫悟空打不過二郎神，就隨機應變把自己變成了麻雀。《西遊記》中這樣寫：

　　　　二郎圓睜鳳目觀看，見大聖變了麻雀兒，釘在樹上，就收了法象，撇了神鋒，卸下彈弓，搖身一變，變作個餓鷹兒，抖開翅，飛將去撲打。大聖見了，嗖的一翅飛起去，變作一隻大鷀老，衝天而去。二郎見了，急抖翎毛，搖身一變，變作一隻大海鶴，鑽上雲霄來嗛。大聖又將身按下，入澗中，變作一個魚兒，淬入水內。二郎趕至澗邊，不見蹤跡。心中暗想道："這猢猻必然下水去也，定變作魚蝦之類。等我再變變拿他。"果一變變作個魚鷹兒，飄蕩在下溜頭波面上，等待片時。那大聖變魚兒，順水正游，忽見一隻飛禽，似青鶹，毛片不青；似鷺鷥，頂上無縷；似老鸛，腿又不紅："想是二郎變化了等我哩！"急轉頭，打個花就走。二郎看見道："打花的魚兒，似鯉魚尾巴不紅；似鱖魚，花鱗不見；似黑魚，頭上無星；似魴魚，鰓上無針。牠怎麼見了我就回去了？必然是那猴變的。"趕上來，刷的啄一嘴。那大聖就攛出水中，一變，變作一條水蛇，游近岸，鑽入草中，二郎因嗛他不着。他見水響中，見一條蛇攛出去，認得是大聖，急轉身，又變了一隻朱繡頂的灰鶴，伸着一個長嘴，與一把尖頭鐵鉗子相似，徑來吃這水蛇。水蛇跳一跳，又變作一隻花鴇，木木樗樗的，立在蓼汀之上。二郎見他變得低賤——花鴇乃鳥中至賤至淫之物，不拘鸞、鳳、鷹、鴉都與交群——故此不去攖傍，即現原身走將去，取過彈弓拽滿，一彈子把他打個躘踵。

那大聖趁着機會，滾下山崖，伏在那裏又變，變一座土地廟兒：大張着口，似個廟門；牙齒變做門扇，舌頭變做菩薩，眼睛變做窗櫺。只有尾巴不好收拾，豎在後面，變做一根旗竿。真君趕到崖下，不見打倒的鴇鳥，只有一間小廟；急睜鳳眼，仔細看之，見旗竿立在後面，笑道："是這猢猻了！他今又在那裏哄我。我也曾見廟宇，更不曾見過一個旗竿立在後面的。斷是這畜生弄喧！他若哄我進去，他便一口咬住。我怎肯進去？等我掣拳先搗窗櫺，後踢門扇！"大聖聽得，心驚道："好狠！好狠！門扇是我牙齒，窗櫺是我眼睛；若打了牙，搗了眼，卻怎麼是好？"撲的一個虎跳，又冒在空中不見……

猴子誠然機靈，把軀體的一切部位都利用上了，把尾巴當旗竿，似乎也很巧妙。在這裏，猴子的機靈和人的機智似乎結合得天衣無縫，但畢竟是猴子，少不了有漏洞，而這種疏忽又是和猴子的生理特點（尾巴在後）結合在一起的，幾乎是不可避免的。這就很可笑，很好玩，說文雅一點就是有一點幽默感。這就成了《西遊記》中的經典片斷。

和孫大聖相映成趣的是豬八戒。他有豬的外形，同時又有人的情緒。他沒有孫悟空那樣的本事，不像孫悟空那樣英勇；他長相又很醜，常常扮演倒霉蛋的角色。但他很可愛，很有趣。他參加取經，堅持到了最後。他心地善良、淳樸憨厚。他也有自尊心，非常願意表現自己的忠心。但他也時常打自己的小算盤。他和孫悟空除了合作之外，有時也搬弄是非，做一些小動作，甚至還鬧出大亂子來。幸而他能及時改正，沒有把事情搞砸。但他常常動搖。遇到比較大的困難，他的動搖性就會大發作，有時就公開地要求"分行李"、"散夥"。平時他有點好吃懶做，貪財好色，又不善於掩飾，往往越是掩蓋，越是出洋相，鬧出了不少笑話。他是大錯誤不犯，小錯誤不斷的喜劇角色。

他也是有一點神通的，甚至和孫悟空一樣，也會讓自己的軀體發生變化，但是他變化的靈活性是有限的，他變石塊、大象、駱駝都行，卻變不了輕巧之物；變個胖大漢還可以，變個女孩，頭是勉強變了，"只是肚子胖大，郎伉不像"。作者把動物外形的醜和人的小毛病結合起來，顯得很幽默。不過，即便有些可笑，他也還不是壞人，就是做了一些可恨的事，也還引人同情。

讀文學作品，欣賞好人是容易的，討厭壞人也是容易的。但如果要欣賞又好又壞、又可愛又可恨的人就不那麼容易了。欣賞豬八戒，對於我們的智慧是一個考驗。如果你既能討厭他的毛病，又能同情、理解他的一些小毛病，那麼你的感情就比較豐富了。

單獨看豬八戒或孫悟空，已經很有趣，把二者結合起來看就更有趣。事實上，《西遊記》最精彩的地方往往是這兩個取經戰友發生矛盾的時候。比如在高老莊，孫悟空變作女孩子，在洞房裏逗弄了豬八戒一番。後來豬八戒打不過孫悟空，又聽到唐僧的大名，就同意歸順，一同往西天取經去了。臨行時，豬八戒這樣告別自己的老丈人：

那八戒搖搖擺擺，對高老唱個喏道："上覆丈母、大姨、二姨並姨夫、姑舅諸親：我今日去做和尚了，不及面辭，休怪。丈人啊，你還好生看待我渾家：只怕我們取不成經時，好來還俗，照舊與你做女婿過活。"行者喝道："夯貨！卻莫胡說！"八戒道："哥呵，不是胡說，只恐一時間有些兒差池，卻不是和尚誤了做，老婆誤了娶，兩下裏都耽擱了？"

還沒有上路已經準備好了退路，這充分暴露了豬八戒的動搖性，但在一般人，動搖是偷偷藏在心裏的，而豬八戒卻是公而開之、堂而皇之地講出來的。可見他頭腦簡單，性情直率，這樣的缺點不是既很可恨、又很可愛嗎？

要讀懂豬八戒，比之讀懂孫悟空、唐僧，就要多一份同情心。多懂一分豬八戒，對人的同情和理解就多了一分。

《西遊記》中，幾乎所有的人物都有各自的本事，他們既有神性（魔性），也有人性，妙趣橫生又合情合理，其他的妖精大多也是獅、虎、豹、鼠等動物變化而來，都是擬人化的動物，自然也就染上了神奇色彩。

《西遊記》是在幻想世界裏的虛構，但在歷史上卻不是一點沒有根據。唐僧的原型是玄奘。玄奘的確是個高僧，他於唐太宗貞觀年間從長安出發，費時 17 年，歷盡艱辛，從天竺（印度）取回了佛經原典 657 部。他還口授取經的過程，讓門徒記錄整理，寫成《大唐西域記》。後來，他的傳奇經歷就成為小說雜劇的素材，《大唐三藏取經詩話》是最早的雛形。最後由明朝的吳承恩寫成長篇小説《西遊記》。

　　還有一點不能忽略：道教祖師太上老君和最高統治者玉皇大帝，在宗教意義上的地位是極高的，但在小説中，他們常常表現得相當無能和昏庸，多多少少顯得有點可笑。這表現了吳承恩對道家的態度。當然有時，佛祖也會被揶揄、捉弄。從這一點來説，取經的宗教意義被淡化了。

　　對《西遊記》的主要故事，許多人早已經有所耳聞了。但可能大多只是從影視節目或者縮寫本或者連環畫上看到一些片斷。要真正理解《西遊記》，最好還是閱讀原著。但這並不是要求大家把三大本《西遊記》從頭到尾一個字一個字地讀完。《西遊記》中有些東西，可以略略翻閱，甚至可以跳過去，並不妨礙我們理解它的根本內容。

　　比如《西遊記》第一回，一開頭就有將近一千字的神秘議論，讀起來很費勁，對欣賞《西遊記》並沒有太重要的意義，如果不是有志於研究，就可以跳過去。

　　還有一些用詞賦體描述人物面貌或者場面的文字，比較鋪張，而且往往陷入老套，如果不急於專門研究，也可以略而不計。事實上，在流傳過程中，有些版本早就把這類過於繁瑣的詞賦刪節了。

　　《西遊記》雖然是經典，但並不是所有的篇幅都同樣精彩。大體説來，開始取經以前的部分比較精彩。一旦上了取經路，每每遇到妖魔或遭遇災難，總少不得請南海觀世音，或者西天如來佛來搭救。這些部分除了一些經典性的片斷以外（如

"三打白骨精"等等），故事和人物總免不了陷入一種模式。

　　這並不奇怪，即便是經典，也並非每一個部分都同樣精彩。精彩的，就詳讀，有興趣的章回，反覆讀。不精彩的就略讀，對一些雷同的情節，一目十行地瀏覽，甚至跳過去，找到比較有趣的地方再讀下去，也是保持興趣的一種方法。

# 讀懂
## 兩個邏輯

# 祥林嫂死亡的原因是窮困嗎

## ——情節的理性因果和情感因果

## 情節是一種因果轉化的過程

　　任何一種情節都始於人物的越出常軌。但越出常軌只是為情節提供了良好的、有充分發展餘地的開端，情節的基本過程是亞里士多德所說的"結"和"解"。所謂"結"，就是懸念，危機。所謂"解"就是事情的轉化。二者之間的關係是一種因果關係，由於有了危機，就有了解決危機的轉化。設計情節就是設計危機和轉化，也就是把危機當成原因，把轉化當成結果，其間有一個獨特的因果關係。任何情節都是一種因果轉化的過程。

　　比如，有了祥林嫂的被逼改嫁、兒子死亡和受到歧視，就有祥林嫂的死亡。有了高太尉、高衙內層層加碼的迫害，就有林沖忍無可忍逼上梁山的結果。從理論上說來，構成情節實在非常容易。但實際上，要構成好的情節實在非常困難，以至於在中國古典小說中，小說家獨立創造的情節實在非常之少，而從前人因襲來反覆改編的情節卻非常之多。

這是因為純用通常的因果性去構成情節，容易出現概念化、枯燥無味的情節。例如，在《今古奇觀》中有一篇小說，說的是一個富戶人家，每天吃飯洗碗沖走了許多米粒，這家的主人見了心疼，便叫家人把米粒沉澱下來，曬乾了，儲存起來。後來這家遭了變故，變窮了，幸而有那些儲存起來的乾米粒，才不致餓死。

這裏雖然有充分的因果關係，但是一點趣味也沒有，它不過告訴讀者應該節約糧食的道理。

任何一個小說家在處理任何一個題材時，都可能遇到類似的考驗。有時候，一個素材放在面前，就其結果來說，是很動人的，可是把尋找出來的充足理由加上去以後，情節完整了，趣味卻完全消失了。

有這樣一個故事，在抗日戰爭時期，在白洋淀地帶，一個老漁民在水下佈置了釣鈎，引誘日本鬼子來游泳，結果他一個人用竹篙打死了好幾個鬼子。要用這個素材構思情節，首先得尋找原因。老漁民為甚麼要這樣做呢？自然是出於對敵人的仇恨。為甚麼對敵人這麼仇恨？自然是因為敵人的殘暴，例如日本軍殺死了他的親人之類。

如果這樣去構思情節，因果性倒是有了，但肯定不會有甚麼藝術感染力。原因是，這種因果是一種普通性因果，不管對甚麼人，都一樣適用，沒有甚麼屬於這個人物的特殊性。其次，這種因果是一種理性因果，沒有表現任何屬於這個人物的特殊情感。而藝術不同於科學之處，恰恰在於它主要是表現人的獨特的情感和感覺的，而不是表現人的普遍的理性的。

因而要構成動人的情節，關鍵不在於尋求因果性，而在於尋求甚麼樣的因果。如果是純粹理性的因果則與藝術的關係不大。要成為藝術品，就必須尋求不同於理性因果律的情感因果。

# 尋求理性因果以外的情感因果

我們且來看孫犁在《蘆花蕩》中是如何尋求情感因果的。在孫犁筆下，這個老漁民之所以要主動去打鬼子，原因並非簡單出於愛國主義的民族意識。其直接原因是他的情感遭到了損害。本來，在白洋淀上，他負責接送幹部出入，有絕對的自信和自尊，而恰恰就在他認為萬無一失的時候，由他護送的兩個遠方來的小姑娘中，有一個在敵人的掃射中受了傷。如果老人從純理性因果來考慮，多次運送人員，偶爾有人受傷，在所難免，至多在總結工作時作個檢查，提出改進工作的具體方法就成了。如果孫犁也這樣考慮問題的話，就不可能寫出小說來了。孫犁之所以不同凡響，就是由於他在普遍的理性的因果以外，發現了屬於這個老人獨有的情感因果。

促使這個老人出動的原因是：他的自信和自尊在信任他的小女孩面前受到損害。他必須用行動在小女孩面前恢復自尊。這就引出了下面的情節，他誘使日本鬼子進入佈滿釣鈎的水域，用竹篙打死鬼子，讓那兩個小女孩隱蔽在荷葉下，看着他把鬼子一個個打死。

　　這種因果性是獨特的，不可重複的。但這種因果性，並不十分理性，多少有一點個人冒險。老人並沒有要求有關部門掩護，也沒有準備在萬一不利的情況下撤退，更沒有為小女孩的安全作出萬無一失的安排。

　　從純粹理性的邏輯來推敲，老人此舉也許並不明智，不一定符合組織性、紀律性的嚴格要求。也許正是因為這一點，這一篇和《白洋淀》同屬一組的小説，長期以來，沒有受到像《白洋淀》那樣的寵愛。然而，這並不妨礙這篇小説出類拔萃，在某些方面優於當時同類題材的作品（包括《白洋淀》）。相反，如果完全按照軍事行動應該有的那種周密的理性來設計老人的行為，這篇小説就可能成為概念化的圖解。

　　在理性上不充分的東西，在情感上可能是很動人的。許多小説家一輩子不能擺脱概念化、公式化的頑症，其原因之一，就在於他們把理性邏輯和情感邏輯混淆了，或者説，他們只看到理性邏輯和情感邏輯的統一性，而沒有看到二者互相的矛盾性。這是因為他們未能在根本上分清審美的情感價值與科學的理性價值之間的區別。

　　光就因果關係而言，科學的理性邏輯要求充足的帶普遍性的理由，而情感邏輯要求的則是特殊的、不可重複的、個性化的理由。對於科學來說，任何充足理由都應該是可以重複驗證的，而對於藝術來說，每一個人物都有屬於他自己的不可重複的理由，儘管這些理由是可笑的、不通的。科學的理由可能是不藝術的，藝術的理由又可能是不科學的，這是審美價值一個很重要的特點。要進入審美分析的領域，就得徹底弄清這個道理。這不僅是小說的規律，而且是一切藝術必須遵循的規律。

共工與顓頊爭帝，怒觸不周山，致使天不滿西北，地陷東南，這是《山海經》對中國地形西北高、東南低、江河東流的解釋，這是不科學的，但無疑是很藝術的。說謊的孩子鼻子會變長，一旦誠實了，鼻子就縮短，這種因果關係也是不科學的，但卻是《木偶奇遇記》的一大創造，這是神話和童話的因果邏輯，它不合科學，卻被古今中外廣大讀者所接受，原因就是它與人的情感邏輯相通──把人的強烈的主觀意願放在了最突出的地位。其實這種現象是一切文學作品的規律，不僅對神話、童話有效。成功的小說家在設計情節因果時，總會情不自禁地遵循情感因果規律，就必然會超越理性的科學因果規律。

正因為這樣，祥林嫂之死，如果純用理性的因果性來分析，是有點奇怪的。給她打擊最大的是：雖然她捐了門檻，但在過年祝福之時她卻仍不能去端"福禮"（一條祭神的魚）。如果純從理性邏輯來考慮，不讓端就不端，落得清閒，如果真能這樣，她就不會為此痛苦得喪失了記憶力，喪失了勞動力，被魯四老爺家解僱，最終死亡了。


## 祥林嫂的真正死因——情感因果

在《祝福》中，"我"曾經向來沖茶的短工問起祥林嫂死去的原因。那個短工很淡然地回答：

"怎麼死的？——還不是窮死的。"

按這個人的看法，《祝福》的情節因果是窮困導致死亡。如果真是這樣的話，就是一種理性因果。《祝福》和當時以及以後許多表現婦女婚姻題材的作品，就沒有甚麼兩樣了。

事實上，整個《祝福》的情節告訴讀者的恰恰不是這些，從表面上看，她是淪落為乞丐後死去的，好像可以說是窮死的。但是，她為甚麼會淪落為乞丐呢？因為她喪失了勞動力，連記憶力也不行了，才被魯家解僱的。她本來不是很健康的嘛，不是頂一個男人使喚的嗎？她受的精神刺激太大了，她情感上太痛苦了。她痛苦的原因是：生而不能作為一個平等的奴僕，死而不能成為一個完整的鬼（兩個丈夫在閻王那裏爭奪她，閻王要把她一分為二）。今人都知道，這是迷信，是偽科學。然而，祥林嫂卻對此深信不疑，並為之痛苦，為之摧殘自己的心靈和健康。由此可見，更深刻的因果是，祥林嫂由於對損害、摧殘她的迷信觀念缺乏認識而導致死亡。可以說祥林嫂死於愚昧，死於缺乏反抗的自覺性。這是一種甚麼樣的迷信？為甚麼這麼厲害呢？它是不是僅僅是一種對鬼神的迷信呢？不全是。閻王要分屍給兩個丈夫的說法，前提是女人，包括寡婦，不能第二次嫁人。誰再嫁，誰就得忍受殘酷的刑罰。然而祥林嫂並未要求再嫁，她倒是拒絕再婚，而且反抗了，她逃出來了。在她被搶去嫁給賀老六時，她反抗得很"出格"，頭都碰破了。按道理，如果閻王真要追究責任，本該考慮到這一點，因為責任首先不在祥林嫂這一邊，而應該在搶親的策動者——她婆婆那一邊。然而，閻王並不怎樣重視理性邏輯。

正是閻王的懲罰，暴露了古代禮教的野蠻和荒謬。妻子屬於丈夫，丈夫死了，妻子不能再嫁，她只能作為"未亡人"等待死亡的到來。任何女人一旦嫁了男人，就永恆地屬於這個男人，這是一種得到普遍承認的"公理"。所以，祥林嫂是沒有自己的名字的。她嫁給祥林，就叫祥林嫂。後來她又與賀老六成親了，該叫甚麼呢。賀老六死後，她回到了魯鎮，本該研究一下，叫她祥林嫂好還是老六嫂好，然而魯迅用單獨一行寫了一句：

大家仍然叫她祥林嫂。

　　連猶豫、商量、討論一下都沒有，就自動化地作出共同的反應。這說明"女子從一而終"在普通老百姓心目中根深蒂固。

　　但這只是問題的一面。

　　問題的另一面是，她的婆婆違反她的意志賣掉她，這不是違反了神聖的夫權嗎？

　　然而又不是。原因是還有一個族權原則：兒子是父母的財產，屬於兒子的"未亡人"，自然也就屬於母親，因而婆婆有權出賣媳婦。

　　更深刻的荒謬是祥林嫂之死，其最悲慘處不在於她物質上的貧困和精神上的痛楚，而在於造成物質貧困和精神痛楚的原因竟是自相矛盾、不通的古代禮教。不但它的夫權和族權相矛盾，而且它的神權又與夫權和族權互相衝突。既然神是公正的，為甚麼不追究強迫改嫁者的罪責呢？但是，按照神權的邏輯，應該受到懲罰的，還是祥林嫂。

　　《祝福》在表現祥林嫂死亡悲劇的非理性原因方面，更為深邃的是，這種荒謬和野蠻的邏輯，不僅僅為上層階層，如魯四老爺和他的太太所持有，而且被下層人物認同。在一個受害弱女子的如此悲劇面前，居然沒有一個人（包括和她同命運的柳媽，以及沖茶短工等）表示出同情，更沒有一個人表現出對如此荒謬的古代禮教的憤怒，有的只是冷漠，甚至是冷嘲：

“祥林嫂，你又來了。”柳媽不耐煩的看着她的臉，説。“我問你：你額角上的傷痕，不就是那時撞壞的麼？”

　　“唔唔。”她含胡的回答。

　　“我問你：你那時怎麼後來竟依了呢？”

　　“我麼？……”，

　　“你呀。我想：這總是你自己願意了，不然……。”

　　“阿阿，你不知道他力氣多麼大呀。”

　　“我不信。我不信你這麼大的力氣，真會拗他不過。你後來一定是自己肯了，倒推説他力氣大。”

　　“阿阿，你……你倒自己試試着。”她笑了。

　　柳媽的打皺的臉也笑起來，使她蹙縮得像一個核桃，乾枯的小眼睛一看祥林嫂的額角，又盯住她的眼。祥林嫂似很局促了，立刻斂了笑容，旋轉眼光，自去看雪花。

　　“祥林嫂，你實在不合算。”柳媽詭秘的説。“再一強，或者索性撞一個死，就好了。現在呢，你和你的第二個男人過活不到兩年，倒落了一件大罪名。你想，你將來到陰司去，那兩個死鬼的男人還要爭，你給了誰好呢？閻羅大王只好把你鋸開來，分給他們。我想，這真是……"

她臉上就顯出恐怖的神色來，這是在山村裏所未曾知道的。

"我想，你不如及早抵當。你到土地廟裏去捐一條門檻，當作你的替身，給千人踏，萬人跨，贖了這一世的罪名，免得死了去受苦。"

她當時並不回答甚麼話，但大約非常苦悶了，第二天早上起來的時候，兩眼上便都圍着大黑圈。早飯之後，她便到鎮的西頭的土地廟裏去求捐門檻，廟祝起初執意不允許，直到她急得流淚，才勉強答應了。價目是大錢十二千。她久已不和人們交口，因為阿毛的故事是早被大家厭棄了的；但自從和柳媽談了天，似乎又即傳揚開去，許多人都發生了新趣味，又來逗她説話了。至於題目，那自然是換了一個新樣，專在她額上的傷疤。

"祥林嫂，我問你：你那時怎麼竟肯了？"一個説。

"唉，可惜，白撞了這一下。"一個看着她的疤，應和道。

她大約從他們的笑容和聲調上，也知道是在嘲笑她，所以總是瞪着眼睛，不説一句話，後來連頭也不回了。

很顯然，在這背後有悲劇的更深刻的非理性：群眾對古代禮教的麻木。

《祝福》的深邃還不僅於此。

就連祥林嫂本人，對這樣的邏輯也沒有感覺到其間的荒謬、野蠻。不能參與端福禮，本來，她可以無所謂。但她卻痛苦萬分，使精神和肉體遭受致命的打擊。更令人毛骨悚然的是，連祥林嫂自己都不覺得有甚麼不合理。雖然在行為上，她曾經是一個反抗者，但在思想上她卻是一個麻木者。

由此可見，在這背後又有悲劇的更深刻的原因：古代禮教對受害者的麻醉。

這種迷信和麻木雖然不是病，但和病一樣是可以殺人的。祥林嫂的悲劇是沒有兇手的，她是被一種荒謬的觀念殺死的。正因為這樣，魯迅才放棄了學醫，把改造中國人的靈魂放在第一位。如果思想上的麻木不改變，不管多麼健康的人，都會走向死亡。

這是一場非《白毛女》式的悲劇，它沒有黃世仁那樣的壞人可以復仇，就算把魯四老爺拿來公審，也很難判他的罪。《藥》裏面華小栓的死亡，也是沒有兇手的。正因為此，改造中國人的靈魂才顯得特別重要。

這正是魯迅作為一個偉大的啟蒙主義者的思想特點。從這裏我們可以看到，設計情節因果不僅僅關係到情感的生動，而且關係到思想的深刻。[1]

要達到情感的生動，就要避免純用理性因果，因為理性因果就是概念化的因果。要達到思想的深刻就要避免表面的單層次的因果，以構成多層次的因果，讓讀者一層一層地像剝筍殼一樣不斷地體會到作品的深厚內涵。

當然，不管多麼深刻的思想都不應該用人物或作者的嘴巴講出來，蘊藏在情節和人物命運之中的思想比說出來的更豐富。因為用語言表達出來的往往是理性的，亦即概念化的因果。而人物情感的因果則很難用通常語言作線性的表達，它滲透在人物的語言、行為之間，是很複雜、很微妙、很豐富、很飽滿的，一旦用線性邏輯的語言講出來就很可能變得貧乏了。

要有真正的藝術鑒賞力，不但得分清這兩種不同的邏輯，而且要善於在人物的語言和行動中看到這兩種邏輯所體現的兩種不同的價值觀念。特別要注意的是要尊重人物的情感因果，不要以為它不合理性而輕視它，更不能因為它不合自己心意去改變它。

註：

① 從這個意義上說，審美就是情感和感覺的學問，是不夠嚴謹的。因為比較深刻的文學作品，不光是情感和感覺的，往往都是有着自己獨特的理念的。不論是屈原還是陶淵明，不論是古希臘悲劇還是安徒生童話，作者的生命理念都是情感和感覺的基本內涵。大作家都是思想家。如果這一點沒有錯誤，那麼我們所說的審美範疇就有一點片面，應該

把與情感聯繫在一起的理念考慮進去。一種智慧理性的追求，在二十世紀五十年代以後西方現代派文學中形成潮流，在理論上，甚至有著名作家宣稱，他的小說就是他的哲學的圖解。對這種傾向，我在一篇論文中，曾經把它叫做"審智"。審美和審智的結合，也可以在魯迅的小說中得到驗證。

把情感歸結於審美價值，來源於康德。但是，上世紀八十年代以來，人們片面理解康德，把審美僅僅歸結於情感，過分強調他情感價值的美獨立於實用理性的善和真，而忽略了康德同時也強調三者的互相滲透，特別是美向理性的善的提升這一點，是康德審美價值觀念的一個重要支點。陳峰蓉在《祈向至善之美》（《東南學術》第三期，第 147 頁）這樣說，由於經驗世界的不完美，人們心目中，自然會產生一種"零缺陷的，最具審美效果的極致狀態下的事物"，有一種"祈向至善之美"的"最高範本"。而這種範本，在康德看來，"只是一個觀念"，"觀念本來就意味着一個理性概念，而理想本來就意味着符合觀念的個體的表象"（康德《判斷力批判》（上卷），宗白華譯，商務印書館版，1995 年，第 70 頁）。

康德的"美"和理念，實際上是一種"美的理想"，存在於心靈中，比之現實中的具體事物，它具有一種"範型"的意味，"圓滿"的意蘊，催促祈向的主體向着最高目標不斷逼近，又令祈向着的主體"時時處於不進則退的自我警策之中"（黃克劍：《心蘊——一種對西方哲學的讀解》，中國青年出版社，1999 年，第 111—112 頁）。美的超越性，超越感官，使美向善提升。康德雖然把美與善當作不同的價值觀念，但他強調在更高的層次上，美與善可以達到統一，甚至最後歸結到"美是道德的象徵"（陳峰蓉《祈向至善之美》，《東南學術》第三期，第 147 頁）。

從這個意義上講，康德的審美價值論兼具"審善"和"審智"的雙重取向。

# 關公不顧一切放走曹操
## 為甚麼是藝術的
### ——人物的情感邏輯超越人物的理性邏輯

## 小說人物個性的焦點——情感的邏輯性

許多作家都在刻意追求人物（或者）性格的塑造，而成功者往往是少數。一般認為，這是因為作家沒有抓住人物的個性，過多地把注意力放在了共性上，這個說法不無道理。但是，如何才能抓住個性呢？這是要進一步探究的問題。其實個性是一個外延很廣泛的概念，可以有思想的個性，也可以有民族的個性，但這都不是人物個性的焦點，人物個性的焦點是情感的個性，亦即情感的獨特的邏輯性。

要分析人物，應該從人物的獨特情感和理性之間的矛盾開始。情感有它獨特的邏輯性，不但作家不能任意左右它，就是人物自己的意志和理性也不能隨便改變它。

《三國演義》寫得最精彩的並不是諸葛亮，因為在諸葛亮身上表現得最突出的並不是情感，而是理性和智慧。凡寫他的理智如何強大的地方，在藝術上都不是十分成功的。相反，寫他理性與情感矛盾的地方，如揮淚斬馬謖，就比七擒孟獲要動人多了。像"草船借箭"這樣緊張的軍事鬥爭，不可能萬無一失，而孔明居然沒有任何緊張情緒。作者的目的是為了強調人物的智慧超群，但把智慧強調到絕對的程度，就可能影響人的感情，削弱形象的感染力。《三國演義》對諸葛亮的神化引起了魯迅的不滿，他在《中國小説史略》中批評《三國演義》把諸葛亮寫得"多智而近妖"。魯迅用語相當尖銳，不說他是被神化了，而說他是被妖化了。

## 小説人物的藝術魅力──失控的情感邏輯

魯迅在《中國小説史略》中，特別稱讚的形象是關雲長。這是因為，關雲長在理智上不是那麼強大，時常感情用事。他的理智時時與感情矛盾，而且經常被感情所敗。

魯迅在《中國小説史略》中曾特別引用關公在華容道釋放曹操那一段。那是因為這一段把關公放在了理智與情感的尖銳矛盾之中。

小説在這以前特別交待：

時雲長在側，孔明全然不睬。雲長忍耐不住，乃高聲曰："關某自隨兄長征戰，許多年來，未嘗落後。今日逢大敵，軍師卻不委用，此是何意？”孔明笑曰：“雲長勿怪！某本欲煩足下把一個最緊要的隘口，怎奈有些違礙，不敢教去。”雲長曰：“有何違礙？願即見諭。”孔明曰：“昔日曹操待足下甚厚，足下當有以報之。今日操兵敗，必走華容道；若令足下去時，必然放他過去。因此不敢教去。”雲長曰：“軍師好心多！當日曹操果是重待某，某已斬顏良，誅文丑，解白馬之圍，報過他了。今日撞見，豈肯放過！”孔明曰：“倘若放了時，卻如何？”雲長曰：“願依軍法！”孔明曰：“如此，立下文書。”雲長便與了軍令狀。

諸葛亮不相信關公能夠完成俘虜曹操的任務，而關公卻主動要求派遣，並且立下了軍令狀。這對關公的理性來說，已經到了別無選擇的地步了，可是到了關鍵時刻，作者卻聽任關公的感情選擇了違背理性的行動。

《三國演義》第五十回十分深刻地揭示了關公強大的情感邏輯如何佔上風的過程。本來，從理性邏輯來說，放走了曹操（劉備的主要政治、軍事敵手），是不忠於劉備事業的表現，其後果是危及事業和自身的生命，而俘虜了曹操則是忠於劉備事業的表現，肯定能得到升遷和厚賞。然而按關公的情感邏輯卻不然，曹操當年俘虜了他，不但不殺他，反而抬舉他，還請傀儡皇帝封他為“壽亭侯”，三日一小宴，五日一大宴，的確有厚恩於他。關公此人十分重視"有恩必報"的原則。曹操身邊的程昱很懂得關公這種感情用事的性格，提議曹操和關公算一算情感邏輯的舊賬。

……（華容道上）三停人馬：一停落後，一停填了溝塹，一停跟隨曹操。過險峻，路稍平坦。操回顧止有三百餘騎隨後，並無衣甲袍鎧整齊者。……又行不到數里，操在馬上揚鞭大笑。眾將問："丞相何又大笑？"操曰，"人皆言周瑜、諸葛亮足智多謀，以吾觀之，到底是無能之輩。若使此處伏一旅之師，吾等皆束手受縛矣。"言未畢，一聲炮響，兩邊五百校刀手擺開，為首大將關雲長，提青龍刀，跨赤兔馬，截住去路。操軍見了，亡魂喪膽，面面相覷。操曰："既到此處，只得決一死戰！"眾將曰："人縱然不怯，馬力乏矣：戰則必死。"程昱曰："某素知雲長傲上而不忍下，欺強而不凌弱；恩怨分明，信義素甚。丞相舊日有恩於彼，今只親自告之，必脫此難矣。"操從其說，即縱馬向前，欠身謂雲長曰："將軍別來無恙！"雲長亦欠身答曰："關某奉軍師將令，等候丞相多時。"操曰："曹操兵敗勢危，到此無路，望將軍以昔日之情為重。"雲長曰：

讀懂兩個邏輯

"昔日關某雖蒙丞相厚恩，然已斬顏良，誅文丑，解白馬之圍以報之。今日之事，豈敢為私廢乎？"操曰："五關斬將之時，還能記否？大丈夫以信義為重。將軍深明《春秋》，豈不知庾公之斯追子濯孺子之事乎？"雲長是個義重如山之人，想起當日曹操許多恩義，與後來五關斬將之事，如何不動心？又見曹軍惶惶，皆欲垂淚，於是把馬頭勒回，謂眾軍曰："四散擺開。"這個分明是放曹操的意思。操見雲長回馬，便和眾將一齊衝將過去。雲長回身時，前面眾將已自護送操過去了。雲長大喝一聲，眾皆下馬，哭拜於地。雲長愈加不忍，正猶豫間，張遼縱馬而至。雲長見了，又動故舊之情，長歎一聲，並皆放之。

（《三國演義》，第五十回"關雲長義釋曹操"）

程昱抓住了關公情感邏輯的要害："傲上而不忍下，欺強而不凌弱；恩怨分明，信義素甚。"更關鍵的是"丞相舊日有恩於彼"，曹操心領神會提起往事，要關公放過一馬，以報答當年的厚恩。關公的情感邏輯是：有恩自然要報。但是，只要報過，就一筆勾銷了。當年他已經替曹操斬過袁紹的大將顏良與文丑，解了他白馬之圍了，今天不能含糊。曹操順着關公的情感邏輯進而提出：所有上述一切都已報答過了，可以一筆勾銷，然而關公在出逃之時，過五關斬了曹操六員大將，曹操並沒有派人去追趕，這筆恩情還沒有報答。這一説打中了關公的要害，關公按自己的情感邏輯思忖，的確還欠着曹操一份恩情，只有放過曹操的殘兵敗將才能求得恩義的平衡。

關公的這種行為，好就好在不合理性邏輯。軍事鬥爭中你死我活，是實用的，關公的情感邏輯，全然不管這一套。他的情感邏輯顯然是違反理性邏輯的，卻仍然要貫徹到底，哪怕個人、事業受到嚴重的危害，也要"義無反顧"。

如果羅貫中筆下，關公"義"的邏輯遇到理性邏輯就不中用了，那麼關公的性格就顯得軟弱而蒼白了。關公的形象之所以動人，就在於這種奇怪的不合理性的邏輯被一貫到底。甚至關公自己也控制不住自己，自己違反了自己的本來願望。情感邏輯達到這樣的一貫性和徹底性，人物性格就達到了一定的飽和度。《三國演義》寫關公放曹操的這一段之所以有個性，就在於他那情感邏輯的徹底性。

正是因為這樣，魯迅對《三國演義》雖多有保留，但對關公這一節，在《中國小說史略》中卻破例大篇幅引用，一面說"孔明止見狡獪"，一面稱讚"羽之氣概則凜然"。

讓人物進入這種自我失控的情感邏輯中，是使人物獲得自己的個性生命的關鍵。有時，這種邏輯是相當曲折的。

在《水滸傳》中，宋江本來一直用理性抑制他對梁山朋友的感情，力求在當縣府小官的理性與同情梁山朋友的情感之間求得平衡。然而,由於閻婆惜與張文遠的風情,宋江維持不了理性的優勢,終於"一時性起",殺了她,走上了去梁山的道路。可是走到半路上,他那暫時壓抑下去的理性又冒了出來,踅回家中。然而這又引來了更大的災難,弄得他被綁赴法場,這才使造反的情感佔了上風,終於上了梁山。

這不是中國古典小說的特殊現象,而是外國經典小說也具有的共同特點。安娜‧卡列尼娜從第一次見到伏隆斯基開始,就一直強迫自己抑制自己那被伏隆斯基吸引的感情,她甚至匆匆忙忙逃離莫斯科,卻仍然不能擺脫伏隆斯基的吸引。後來,她陷入情網,並且懷了孕;安娜在難產垂危中,讓卡列寧與伏隆斯基和好,自己也表示,待她病癒就與卡列寧和好。但這只是她理性的語言,待到她病癒以後,她的情感仍然不能接受卡列寧,終於和卡列寧離婚而去。

巴金的作品中有許多成功的人物,其中最成功的就是《家》中的覺新。這是因為覺新和其他人物不一樣,他的理性和情感的矛盾最為突出。不過,他和關公、宋江、安娜不同,他的理性總是抑制着他的情感。在行為上,他按照封建家族長子的規範作出慘痛的自我犧牲。不但犧牲了他自己的愛情,犧牲了梅表姐的幸福,而且又犧牲了他自己賢良的妻子瑞玨的生命。但他始終沒有撲滅自己的情感。正因為這樣,他每次犧牲都不是弱化了他的情感,而是更強化、更激化了他的情感與他的"理智"的矛盾。這使他永遠處於錯誤和悔恨之中。

即使他悔恨,流淚,哭喊,也無法改變自己在古代教條、迷信面前的軟弱，而且還將繼續錯下去。這正是他性格悲劇美的所在。如果巴金手軟了，不讓梅和瑞珏犧牲，或者讓覺新的理性和情感統一了，覺新這個形象的生命也就完結了。

對於一個小説家來説，最危險的事情就是以理性邏輯代替情感邏輯。由於理性邏輯在日常實用和科學研究及學校教育中，佔據天然的優勢，所以一個人的社會經驗越豐富，文化教育的水平越高，理性邏輯的優勢就越強，以理性邏輯代替人物的情感邏輯的可能性就越大，這也就意味着概念化的危險越大。倒是在小孩子和文化水平不高的原始民族那裏，情感邏輯往往具有相對優勢。當然，每一個成年人，特別是具有審美心理素質的人，都是具有相當的情感體驗的。但是由於這種情感的邏輯性在日常生活中是不實用的，因而很容易被忽略、被忘卻，又由於它的邏輯性與理性的科學性相矛盾，因而在學校教育中處於受壓抑的地位。

然而，對於藝術家，尤其是小説家來説，他在接受理性教育時，要特別留意保持情感的活躍，不讓它被優勢強大的理性邏輯所吞沒。同時，除了自我保護、自我體驗以外，還要認真關注不同人物情感的特殊性。這一切，從表面上看來，是作家不可缺少的職業訓練，實質上，應該是我們人文教育的一個重要組成部分。可惜的是，直到現在，我們的文學教育還沒有形成切實可行的系統方法。

# 抓住人物的執迷不悟
## ——人物情感邏輯的起點

## 情感邏輯的異同

人物的情感邏輯是在分散的行為中表現出來的，對於一個缺乏經驗的人來說，找到它並不那麼容易。因為最容易看到的往往是孤立的表情、動作和行為。神龍見首不見尾，由於它不完整，因而很難從中找出其內在邏輯性。

要找到人物情感的獨特邏輯，最基本的方法就是從人物與人物之間的關係研究開始。英國作家亨利·費爾丁（1704—1754）在《湯姆·瓊斯》卷十第一章中說：

> 優秀作家還有這樣一種本事，那就是同是一種罪惡或愚蠢推動着兩個人，而他能分辨出這兩人之間細微的區別。

孤立的一個人看起來不鮮明，兩個人對比起來就鮮明了。高爾基在《給康·謝·斯坦尼斯拉夫斯基的信》中非常生動地講到了這一點：

假定在您面前有五個男人，五個女人；這就是説，你面前有十個關於人們想怎樣生活的未經過研究的（按：自發的）觀念（按：情感邏輯），十個所願望（按：當作“嚮往”的）的事物的模糊輪廓——十個不同的對您個人的態度。

五個男人中每人有自己所願望（按：嚮往）的女人的觀念；每一個女人也有自己對所願望（按：嚮往）的男人的幻想。

五個男人中有一人覺得慳吝人不過是節儉的人；另一人覺得他本性上就是令人討厭的；第三人認為他是可憐的和不幸的；第四人覺得他在一切方面都是滑稽可笑的；第五人把他比做潑留希金（按：果戈理《死魂靈》中的吝嗇地主），並以此感到滿足。第五個人將是最平庸的。①

高爾基在這裏説的是作家區別人物情感的方法，分析作品無疑也要遵循這樣的方法。同樣一種現象——吝嗇，不同的人有不同的看法，有不同的邏輯，這顯然不是理性邏輯。如果是理性邏輯，那就只能有一種統一的看法；然而按情感，則各有不同的觀念，在這不同的觀念中顯示出不同的邏輯來。

在生活中是這樣，在作品中更是這樣。

這一切既不科學，也不實用，從科學和實用的觀點來看，是有一點荒謬，但對分析藝術作品來說，卻值得珍視，值得抓住不放。抓不住這個，就無法進入人物分析。

人物的情感邏輯本來很怪，由於生活中每一個人都有一點怪，因而人們也就見怪不怪了。通常人們並不是在同一個問題上，發生不同見解的。高爾基假定他們是在同一個問題上發生分歧，這樣的對比度就鮮明了。高爾基唯恐問題還沒有說清，又繼續說那五個女人：

113 •

> 第一個女人她愛上了一個禁慾者，並戰勝了他的禁慾主義；另一個女人愛上了一個淫蕩者，並用自己的愛情使他變得高尚起來；第三個女人以為，造化既然把她生成女人，就是對她的嘲弄，所以她就不愛男人，而且妒忌他們的自由；第四個女人光想結婚作母親，並對這個使命理解得很獨特、深刻，但是，不知為甚麼她不能為這一使命服務；第五個女人把生命看得單純，根本不考慮甚麼問題，她使別人痛苦，卻真心感到驚訝，這是怎樣發生的？
>
> 最後，您面前有十個虛榮心很重的人，他們每個人都願意在生活中盡可能地超群出眾。[2]

高爾基在這裏以對待愛情和婚姻為例，說明不同的女人如何秉持不同的邏輯。通常，我們很少願意把人物分析得千人一面，我們也自發地追求不同人物的個性特點，但由於在觀念和方法上不講究，我們常常在人物的外表、外部動作、外部經歷上用工夫。以為不同的外貌，不同的口頭禪，不同的行為習慣，就是人物性格的全部了。其實，外部的表現，外部的經歷，乃至外部的特徵都是膚淺的，充其量只能成為人物性格的某種外部標誌，而外部標誌對於內在邏輯是可有可無的。魯迅的《傷逝》、茅盾的《腐蝕》、果戈理的《狂人日記》、陀思妥耶夫斯基的《地下室手記》都只有內心獨白，雖然人物毫無外部標誌，但這些仍然是藝術珍品。相反，一些濫用外貌描寫，對話拖沓的小說，筆墨只停留在表面，讀之令人生膩。

高爾基非常強調人物之間的對比，但並沒有走向絕對化，所以在最後，他指出，不管他所說的那些人有多大的區別，他們都仍然有共同點，那就是大家都有虛榮心，都願意在生活中"超群出眾"。這就是說，情感邏輯雖然各異，但異中有同，抓住這一點就可以避免片面性。

這是分析人物情感邏輯的第一個關鍵。

## 情感邏輯的起點

捕捉情感邏輯的第二個關鍵是要找到情感邏輯的起點。情感邏輯不同於理性邏輯之處，就是人物在某一點上着迷。藝術家為了把人物寫活，常常把人物着迷的那一點加以強調。這個着迷點常常是很隱蔽的。高爾基曾經這樣説過：

> 不管他是甚麼樣的人——資產階級也好，農民、工人、貴族也好——每個人總得有他的幻想和私慾，就是這些東西支配着人呀。就是這些東西是應該觀察的呀！③

高爾基在這裏説的是推動、支配着人的一個總的動機，也就是"私慾"。但是這種私慾並不是很理性的，而是帶着幻想的，也就是很主觀、很不實際的。正如他給斯坦尼斯拉夫斯基的信中所列舉的五個男人和五個女人，他們對慳吝的觀念，她們對婚姻和愛情的觀念全都是非理性的，不現實的，但他們又是很固執的，這種固執就是着迷，這種着迷不是在個別問題上而是在一系列問題上貫徹到底的。

這種着迷，如果發生在一個"好人"身上，而且着迷的又是一種好事，分析它並非甚麼困難的事。但高爾基在這裏説的是無論甚麼人，包括"壞人"。在"壞人"的情感中，他做的"壞事"就並不是醜惡的；相反，在他自己看來是十分美妙的。因為他對於自己的"私慾"，不可能作理性的客觀的評判，因為"私慾"總與某種"幻想"聯繫在一起。事實上，在情感作用下，每個人對自己的感覺都是一種幻覺，一種歪曲了的感覺。斯坦尼斯拉夫斯基在導演《奧賽羅》時，對於挑撥奧賽羅和黛絲特蒙娜的關係，導致悲劇發生的雅古這個角色，有過這樣的闡述：

> 扮演雅古的演員必須感到自己是個挑撥離間的藝術家，是挑撥這一部門中的偉大導演，他不但為自己的惡毒計劃而動心，而且也為執行這一計劃的方式而動心。④

這一點從客觀上講，是很虛幻的，但從角色本身來講，卻是很真誠的。角色在這虛幻的真誠境界中是很癡迷的，是有一點執迷不悟的。找到了執迷不悟的核心，人物的情感邏輯就不難分析了。

橫在我們與人物情感邏輯之間的障礙是，我們的神經是正常的、不癡也不迷的，而人物的內心卻是不正常的，既癡又迷的，執迷不悟的。我們若能把人物癡迷的核心抓住，就不難按着其自身的歪曲的邏輯把它推演出來了。

人物越是執迷不悟，越是生動。

分析越是抓住了執迷不悟，就越可能深刻。

以阿 Q 為例，本來他的出發點是病態的自尊，但在屢遭挫折以後，他的自尊心變得更加病態，更加癡迷，更加不合邏輯，但卻更加符合他自己的 "精神勝利法" 了。明明是受了凌辱，遭到挫傷，卻自我安慰，自我麻醉。阿 Q 頭上有癩瘡疤，他很自尊，很忌諱人家説"癩"，甚至發展到忌諱別人説"光"。自尊到極點的時候，連別人説"燈"、説"燭"都不可以。阿 Q 對他們，口舌笨的便罵，氣力小的便打，但往往打不過，只好"怒目而視"。這更引起人家故意調侃："原來有保險燈在這裏！"阿 Q 只得另想辦法來維護自己的尊嚴：

　　　"你還不配。"

　　這時候，邏輯歪曲了：他頭上的癩瘡疤從不光彩的缺陷變成了高尚而光榮的標記。

　　阿 Q 着迷於自尊，然而他維護自尊的邏輯是荒謬的。本來癩瘡疤是自己特有的恥辱，別人沒有，是別人的幸運，然而他卻把有它變成獨享的幸運，別人的幸運變成別人的不幸，即別人不配享有這樣的光榮。這本是極其不合邏輯的，因為他把導致恥辱的原因變成了享有光榮的原因。然而阿 Q 對之不但不以為非，反而非常堅定，非常執着，非常着迷。他着迷於把一切客觀上的不利和挫折變成主觀上的有利和自豪。魯迅把這種着迷點叫做"精神勝利"。阿 Q 的精神勝利的着迷點是：在事實上失敗以後，不但沒有收斂，反而以更強烈的形式表現出來。阿 Q 為維護自尊，和人打架，打敗了，被別人揪住黃辮子，在牆上碰了四五下。魯迅這樣寫下去：

阿 Q 站了一刻，心裏想："我總算被兒子打了，現在的世界真不像樣……"於是也心滿意足的得勝的走了。

　　以後再和別人打架時，別人不讓他講"兒子打老子"，雖然他讓步說是人"打蟲豸"卻仍然被"碰了五六個響頭"。閒人"以為阿 Q 這回可遭了瘟"，然而不到十秒鐘，阿 Q 也心滿意足的得勝的走了。他覺得他是第一個能夠自輕自賤的人，除了"自輕自賤"不算外，餘下的就是"第一個"。狀元不也是"第一個"麼？

　　阿 Q 的這種情感邏輯，其執迷不悟的程度越是強烈，性格特徵就越是鮮明。這種邏輯的着迷點就是對失敗的麻木和對自己的欺騙。

　　這種執迷不悟，並不是諷刺作品或反面人物所特有的現象，而是一切人物共有的規律。一切人物由於其主體在心理、生理、氣質、經歷、環境等方面的不同，對任何一種現象，對自我的任何一種遭遇，都有一種主觀的（不客觀的）觀感。這種主觀的觀感、言行在客觀上看來是不科學的，不真實的，但從其主觀的心靈特徵來說卻是很真誠、很堅定的。

　　不善於抓住這種表面的執迷不悟之處，就不可能抓住藝術的奧秘。

　　試想，祥林嫂至死仍念念不忘人死了以後有沒有靈魂，家人能不能團聚（意味着她自己會不會被閻王劈成兩半），不是一種主觀的執迷不悟嗎？她去廟裏捐門檻，爭取的不過是在過年祝福時能夠像普通傭工一樣去端"福禮"（一條魚）。從局外人的理性邏輯來説，端不端有甚麼關係呢？不端不是更省力？不為這種無謂的事苦惱，就不會喪失記憶力和勞動力，也就不會被魯家趕出來，也就不會成為乞丐了。然而祥林嫂居然"執迷不悟"到走上了死路。

賈寶玉説女人是水做的，男人是土做的，也一樣不合邏輯，也是一種執迷不悟。然而他的性格核心也就在其中。

安娜·卡列尼娜對伏隆斯基十分迷戀，以至於不能忍受伏隆斯基的心裏有任何東西分散他對她的注意。這已經有點不近情理了。可是為了懲罰伏隆斯基，她居然不是設法吸引他，而是去自殺，這就更不合理性邏輯，更加執迷不悟了。然而這正是安娜的情感邏輯最完整、悲劇性的感染力最強烈之處。試想，如果安娜不是這樣，而是採取理性的措施，成功地吸引了伏隆斯基，恐怕安娜的性格就沒有這麼動人了。

性格邏輯或者叫做情感邏輯，有兩方面特點：第一，和理性邏輯對比，它好像是不合理，不講理的。第二，它又不完全是瘋子的囈語，從主觀上看，從感情用事的角度看，它還有它特殊的邏輯，有特殊的、深刻的原因。

文本分析的任務就是在這二者之間尋求對人物性格的把握，尋求人物性格中那種不合邏輯的邏輯。例如林沖一直逆來順受，甚至在野豬林差一點被公差害了性命，幸而被魯智深救了。可他不但拒絕了魯智深造反的建議，還拒絕打開手上的枷鎖，認為"國家法度"不可侵犯。但是一旦他造了反，他就義無反顧，主動出擊了，甚至是向陌生人討酒不到時，也會發起火來把人家打個落花流水，還把人家的酒肉搶來吃了。後來在梁山上，火併王倫的是他，反對招安的也是他。

這裏有林沖的性格邏輯在起作用：第一，這與他出身高級軍官、在社會上有相當的地位有關，他不可能輕易放棄原來相當安逸的小康生活，因而他不可能像魯智深那樣，主動干預不平之事而上梁山，在這一點上他與武松、楊志有一點相像。他們在上梁山之前，都有相當的社會地位。第二，林沖又是個血性男兒，對於飛來的橫逆，一旦到了忍無可忍之時，他就義無反顧，不再抱任何恢復家園的幻想，不再作個人利益的盤算了。因而他與宋江也有所不同。宋江上梁山是因為被逼得走投無路，可上了梁山，他也只是把梁山當作權且棲身之地。一旦有機會，他仍然要走接受招安的道路。從這一點來看，宋江算不上血性男兒。但在能夠團結各式各樣的人方面，作為一杆團結的大旗，林沖又不如宋江。

同樣上梁山，不同的人物，有不同的情感邏輯。

文本分析之難，不是難在分析出人物的情感特點來，而是難在分析出他的情感邏輯來，更難在要為不同的人物分析出各不相同的情感邏輯來。

文本分析的難處還在於，不但要闡釋作家的成功之處，還要洞察作家的失誤。

　　有時，有些人物的情感，雖有特點，但不合邏輯，或者不甚合邏輯，哪怕是人物自身的邏輯。最著名的例子是《紅樓夢》前七十回的賈寶玉和七十回以後的賈寶玉。在前七十回，寶玉那麼反對“仕途經濟”，反對八股文，反對參加科舉考試，可是到了高鶚所續的篇章中，他已決計要遁入空門時，卻又去中了一個舉人，還與薛寶釵結婚生了一個兒子。這就引起了二十世紀以來許多紅學家的批評。同一人物前後的表現固然會很獨特，但是不能不符合自身邏輯，違反了寶玉原來厭惡“仕途經濟”、拒絕接班的着迷點。

　　由於人物情感的複雜性，這種邏輯的失誤是很難完全避免的，哪怕是大藝術家也一樣。茅盾的《春蠶》在現代文學史上是一篇經典性作品，但主要人物老通寶的情感邏輯卻有值得推敲之處。《春蠶》中，老通寶是一個相當保守的農民，他對一切新技術、新事物都抱懷疑甚至敵視態度。但是他熱衷於養蠶致富，甚至不顧他兒子多多頭的消極抵制，相當冒險地投入了全部的財力，還借了債。老通寶的情感中保守性的着迷點是相當突出的，這一點本應貫徹到一切方面，可是在老通寶作出相當冒險的決策時，他的保守性着迷點卻忽然不起作用了。這就使老通寶情感的獨特性和邏輯性發生了矛盾。現代著名作家吳組緗指出，老通寶的冒險性決策更像茅盾《子夜》中的吳蓀甫，而不像保守的老通寶。這是很有見地的。

這說明，哪怕是大作家，他的想像力的有限性也會與人物情感邏輯的無限性發生矛盾。他的人物不是有被他自己的情感邏輯同化的危險，就是有被他創造得最得心應手的人物的情感邏輯同化的危險。正因為此，任何一個作家都要善於讓人物和自己拉開距離，善於和自己的人物拉開距離。

註：

① 高爾基《文學書簡》，人民文學出版社，1965 年，第 426-427 頁。
② 同上。
③ 參見孫紹振《文學創作論》，海峽文藝出版社，1999 第 712 頁。
④ 同上，第 714 頁。

讀懂
兩種人格

# 武松的痞性、匪性和人性
## ——理想人格與現實人格的矛盾

## 一、武松的痞性和匪性

金聖歎認為，從水滸理想人格來說，武松是水滸第一大英雄。這是有一定的道理的。但是，他忽略了武松身上體現出來的水滸理想的局限性。

武松是大義士，我們說義士就是為了朋友或者為了受難的弱者，拔刀相助，以命相抵都無所謂的人。先講拔刀相助，該出手時就出手。他怎麼出手？幫的是甚麼弱者呢？武松去勞改，這是很卑賤、很痛苦的，好在有"勞改場長"的兒子施恩尊重他，討好他。武松感恩，就問施恩有甚麼事要他幫忙，施恩就講了：

> 小弟此間東門外，有一座市井，地名喚做快活林。但是山東、河北客商們，都來那裏做買賣。有百十處大客店，三二十處賭坊兑坊。往常時，小弟一者倚仗隨身本事，二者捉着營裏有八九十個拼命囚徒，去那裏開着一

個酒肉店，都分與衆店家和賭錢兌坊裏。但有過路妓女之人，到那裏來時，先要來參見小弟，然後許他去趁食。那許多去處，每朝每日，都有閒錢。月終也有三二百兩銀子尋覓。

每天都有"閒錢"，這些錢哪裏來？賭坊、典當、妓女，按今天的理解，就是保護費，"月終也有三二百兩銀子"這就不簡單了，當時一兩銀子相當於現在一百多元人民幣，三二百兩銀子就是好幾萬。施恩其實就是個地痞、惡霸，但是好景不長，來了一個張團練，他帶來了自己的親信，其中有一個叫蔣門神的，他把施恩打傷了，趕跑了。施恩見武松的時候手上還吊了繃帶呢！保護費被蔣門神收去了，施恩心裏自然就不舒服。他為甚麼那麼看重武松呢？因為他看準了武松是條漢子，講義氣，看不慣弱者被人欺負。於是施恩和他結拜為兄弟，不求同年同月同日生，但求同年同月同日死，這樣一來，武松就"義"無反顧了。武松說這人敢欺負我義弟，就是欺負我。這天武松喝醉了，就要去打蔣門神，誰也擋不住。這裏有個古代民間文化的密碼。那就是酒和英雄的關係。喝醉了，就是神志不太清醒了，才能把精神氣從世俗的規矩中解放出來，不但從意識中解放，而且連潛意識都解放出來，那樣才能顯示出壓在心底的英雄氣概。喝酒與英雄的學問，施恩是不理解的，他只能派人跟着武松，看他喝了三十幾碗之後到了快活林。

蔣門神正好坐在那個地方，旁邊還有一個小女人，武松就買酒，先喝，説不好，換了一種，還説不行。那蔣門神的小老婆哪裏受得了這樣的氣。武松説你敢囉嗦。七八個酒保都過來打武松，都被武松打倒了。小女人被武松扔進了酒缸。然後武松和蔣門神打了起來，蔣門神哪裏是他的對手？武松本來就武藝高強，喝了酒就更顯英雄本色。蔣門神被打得落花流水，磕頭如搗蒜，於是武松就完成了一大義舉。為自己的義兄弟，打敗了惡霸。而且武松還宣佈，要"打天下不明道理的人"，路見不平，就要把拔刀相助落實到底。

　　施恩和蔣門神有甚麼區別呢？沒有區別，都是收保護費的惡霸！蔣門神收保護費，是"不明道理"，但扶持施恩收保護費，就是明道理嗎？本質是一樣的，這就是《水滸傳》的英雄概念裏最大的問題。只要我先認識你，你成了我的兄弟，你就是義，我為了你，打你的仇人，我就是英雄，你是英雄，還是惡霸，我不管。這種思想貫穿於《水滸傳》全書。人們説武松是英雄，是因為他有義的思想。這個思想確實是農業社會很輝煌的理想，包括財產的平等、人格的平等、權利的平等，但是這個理想是空想。除了有經濟方面的原因外，還有義方面的原因。武松講義，但甚麼是義，他卻不清楚。實踐證明，他的原則就是：我先認識的人，就是我的兄弟，我為他的利益拼命就是義。如果這麼分析的話，武松醉打蔣門神，奪回快活林，到底是英雄的行為，還是痞子團夥、惡霸的行為，值得研究。導讀者之所以覺得武松做了好事，不同情蔣門神，是有原因的，那就是蔣門神勾結官府張都監，使得他的痞子惡霸行為帶上了政治權力，性質就不同了。發展到後來，他們不是憑拳頭，憑勇力，而是憑權力，施行惡毒伎倆，致武松於死地，就不是個人與個人，團夥與團夥之間的平等較量了。

張都監用政治手段，表面上信任武松，讓他當一個小官，麻痺他，突然又說家裏被盜，讓他來抓強盜。等武松一到，卻把他絆倒，誣陷他是強盜，結果就把他流放，又用了高太尉對付林沖的辦法，派了兩個公差，想在路上把他弄死。另外，蔣門神又派了兩個徒弟，帶了傢伙，要把武松置於死地，來個"雙保險"。

武松表面上大大咧咧，好像不在意，其實很機警。一個帶着枷的人，居然把四個有武器的男人殺了。一般人這樣也就三十六計走為上計了，但是武松有他的原則，非常個性化：人不犯我，我不犯人，人若犯我，我一定要把他宰了，殺個痛快淋漓。武松就到孟州城張都監的家裏去，樓上正在喝酒。武松躲在馬房裏面，一個養馬的人進來了，看到武松就問他叫甚麼，武松一聽火了，就把這個人的人頭給割下來了。殺這個人有甚麼道理呢？武松講了一句話"恁地卻饒你不得"。可能是為了自己的安全，或者方便吧。然後呢，就殺上了樓去，先看到兩個丫鬟，在那埋怨這幫傢伙喝酒喝到現在還不去睡覺，都煩死了，累死了。這不是很值得同情嗎？不，留着她們會嚷嚷，於是兩個無辜的丫頭被殺了。張都監、張團練和蔣門神正在那裏喝酒，慶祝他們的勝利，武松先給蔣門神臉上一刀，然後給張都監頭上一刀，都倒了。張團練雖是一個武官，但是哪裏打得過武松呢？然後武松就把刀拿起來，就又有了三個人頭。中國古話説："有仇不報非君子"，武松雖報了仇，卻不屬於君子一類，但他是英雄，他的原則是：有人不殺不痛快。殺了這麼多人後，武松很痛快了，要發泄一下自己的情緒，但是武松不會寫詩，就乾脆把張都監的衣服割下一塊，蘸着地上的血，寫了幾個字"殺人者打虎武松也"。大英雄，行不更名，坐不改姓，這時候該走了吧。武松興猶未盡。正好兩個管家上樓來，其中一個認得武松，跪下求饒，也是"卻饒你不得"，一不做二不休。樓下老夫人聽到了説吵甚麼，武松説吵甚麼？我來了！老夫人不認識武松，但是武松還是把她殺了，並想把腦袋割下來，結果割了幾下，割不動，刀口都捲起來了。於是武松"便抽身去後門外去拿取朴刀，丟了缺刀"，然後往下走。看到唱歌的玉蘭，還有兩個小丫鬟，三個女孩子，這些個弱者，沒有甚麼威脅，就算了吧。但武松把玉蘭殺死之後，把那兩個丫鬟也殺了，《水滸傳》上，寫這時候武松講了一句話"如此我方才心滿意足"。殺了多少人？粗略統計一下，加上前面的公差一共是十六個。

武松作為一個復仇之神，這樣慘烈的反抗，慘烈的復仇，慘烈的殺人，引起文學理論家劉再復的憂慮。他講了一段話：

> 武松血洗鴛鴦樓，他報仇最充分的理由頂多可以殺蔣門神、張都監、張團練三個人，那已經過分了，可是他殺了十八個人，其中十五個是無辜的，丫環、馬夫、還有那些夫人，都是無辜的，問題還不止於此，問題是殺了人之後，他還理直氣壯，在牆上寫了字："殺人者打虎武松也"，這種以殺人為榮的態度是我們中國文化的糟粕。

劉再復的這段話很大程度上是對的，因為正如上文所講，所謂的義氣裏面有矛盾，義氣平等裏面有很多幫派的黑暗的東西。

可讀者卻並不覺得武松過分，反而認為他有英雄氣概。這就是藝術的成功，藝術的創造。《水滸傳》之所以經典的原因之一，就在於創造了這個野蠻的英雄。仔細思考一下，就能發現劉再復沒有回答一個問題，那就是人們為甚麼喜歡這樣一個兇殘、殺了十六個人、殺了很多無辜者的人？為甚麼會覺得他有英雄氣概，而李逵、宋江就沒有這樣的氣概？

所以要分析一下，武松的形象為甚麼能感動人？

第一，他不是主動殺人的，他是被欺侮得走投無路，忍無可忍，身陷絕境了，採用合法的手段絕對無望，才被迫果斷殺人的。他是一個復仇的英雄。第二，武松殺起人來，不像李逵那樣，不顧自身安危。他是一個心細的人。他當過"公安局長"，或者叫做"刑警隊長"，盡情殺人的時候，有一個考慮，這個人去報告怎麼辦？故此他殺一些無辜者時，說了："卻饒你不得。"饒了你，我可就沒命了。第三，他是個沉默寡言的人，不像李逵那樣，喊喊叫叫，不管多大的冤屈，他都悶在心裏。叫作"憋着一口鳥氣"。一旦爆發出來，仍然很少用話語表達，只有連續不斷的動作。這時，他是冷峻的、血腥的、不動聲色的。直到殺了一系列的人以後，才說了一句"我方才心滿意足"。逃出城以後，又說了一句："這口鳥氣，今日方才出得鬆臊。"英雄之所以感動人不是因為他做了甚麼，做對了甚麼或者做錯了甚麼，而是他做的時候，有人的感覺。這就是憋着一口氣，有條不紊地殺，一個又一個，直到沒有人可殺了，才流露出心滿意足的感覺。具體來說，就是兇殘得很滿足，很冷峻，很平靜，一點沒有驚慌的感覺。且看，武松殺人以後，從城牆上跳下來，心理仍然是有條不紊的：

把棒一拄，立在濠塹邊。月明之下看水時，只有一二尺深。此時正是十月半天氣，各處水泉皆涸。武松就濠塹邊，脫了鞋襪，解下腿絣護膝，抓紮起衣服，從這城濠裏走過對岸。卻想起施恩送來的包裹裏有雙八搭麻鞋，取出來穿在腳上。聽城裏更點時，已打四更三點。武松道："這口鳥氣，今日方才出得鬆臊……"

殺了這麼多人，犯下了彌天大罪，逃出城了，如果是一般人物，三十六着，走為上着，還不趕緊溜？可是武松居然從容到在月光下看城濠裏的水，只有一二尺深。看得這麼細緻，寓從容於緊迫之中。在這樣的危機中，心思不亂，動作有層次：脫鞋襪，解腿絣，紮脫衣服，蹚水走過對岸。還顧得上把濕鞋襪換了，還有閒心去想，乾鞋是哪個朋友送的。寫武松過河的從容，就是寫武松的平靜。更精彩的是："聽城裏更點時，已打四更三點。"充分寫出了聽覺的放鬆，從聽覺的放鬆，暗示了心情的放鬆："這口鳥氣"終於出了。說明，在這以前，他是憋着一口鳥氣的。憋得很久，憋得很深，這樣冷峻，這樣清醒，這樣有餘暇，閒心。實乃水滸之大手筆也。

一個人做了事情，小孩子往往問，是好人還是壞人，甚麼意思呢？就是用道德的觀點來看，做了好事還是壞事。如果不道德的事，兇殘的事，是被逼出來的呢？他為甚麼會有這種殺人解氣的感覺呢？他為甚麼會這樣冷酷呢？因為他被壓抑得太厲害了，憋氣憋得太厲害了。他為甚麼殺人一家？因為那是那個時代的文化觀念，復仇就是家族的復仇，就是血緣的復仇，因為在當時，家是一個社會生活單元，不僅是血緣，還是利益的共同體。所以古代社會往往滿門抄斬，罪誅九族，因為家是經濟共同體，政治共同體，也是復仇的共同體，要殺就殺全家，這是當時的形勢逼的。武松這個人，其實是一個非常正派的人，不是一個隨便侵犯別人的人，但是又是一個自認為是好漢，不是一般人的人，他瞧不起一般人，有好漢的優越感。如果光是這樣，那武松的精神，就離我們太遠了。實際上，武松這樣的英雄，又是和普通百姓離得很近的人，和普通人差不多的人。這一點，從武松打虎過程中，就可以充分顯示出來。

## 二、武松的人性

### 1. 武松打虎可信嗎？

　　武松既遠在古代，又近在人們內心。要真正理解一個事物、人物，越古，越遙遠，就越難；但是，越近呢，也越難；就在自己心裏，反而更是可意會而不可言傳。正是因為武松又遠又近，要對武松有真正的理解，真正讀懂武松，並不是那麼簡單。不理解，讀不懂的，大有人在。不但一般老百姓讀不懂，就是很有水平的人物，也有讀不懂的。話說晚清時代，有個叫夏曾佑的學者、思想家，出版過一本《小說原理》。夏先生在書中說，《水滸傳》上寫武松用一隻手把老虎的頭捺到地下，另外一隻手握緊拳頭，猛捶，就把老虎捶死了。這是不可信的。他解釋說，老虎為食肉動物，有個特點，就是牠的腰又長又軟。你一隻手把牠的頭按到地上，那牠的四個爪子，都可以掙扎。

　　試想，武松一隻手按着老虎的頭，大概左手吧，另外一隻就是右手，握起拳頭來，砸老虎的腦袋。一般的哺乳動物，比如兔子，頭被按住了，牠的後腳就沒有辦法了，但是作為貓科的老虎，正如夏先生所說，身量特別長，腰又柔軟，把牠的頭按下去，牠的前腳卻無所作為——《水滸傳》上寫牠只能刨出一個坑來，這是可信的；但牠後面那兩個腳絕對不會閒着，肯定會拼了老命，千方百計地想翻過來，去抓武松。在此情況下，武松別無選擇，只能把另外一隻手也按下去。一隻手按頭，一隻手按屁股，其結果當然是僵持。而不是一手按老虎的頭，另一手猛捶。其實，夏曾佑提出的是一個相當深刻的問題，那就是藝術形象的真和假的問題。武松打虎的方法是不真實的。不真實，假的，還能動人嗎？但事實是武松打虎的藝術生命力特別強，成了經典文本，至今仍然有鮮活的感染力。一般讀者並不那麼死心眼，去計較武松打虎方法的可行性、真實性問題。除了前面已經說的以外，文中經不起推敲的還有，老虎向人進攻，只有三招，一招是，"一撲"，就是猛地向你撲過來。撲不着，就用屁股"一掀"。掀不着，就用尾巴"一剪"，也就是一掃。這有甚麼根據？老虎又沒有進過少林寺，哪來這麼規範的武術化的三個招數？而且用過了這三個招數，就沒有招了。把老虎寫得這麼死心眼，這麼教條，無非是方便武松取勝。讀者如果要抬槓的話，小說就唸不下去了。

## 2. 為甚麼不能讓老虎把武松吃了？

那就讓武松碰到一隻老虎，讓老虎把他吃了，那也是可能的，但是他一死，他心裏可能出現的那些不偉大的東西，就沒有人知道了。現寫武松沒有死，而是把老虎給打死了，這就超越常規了，就有機會看到：他的內心有沒有超越常規的感覺。他是每一秒鐘都那麼偉大嗎？他有沒有害怕過啊？他有沒有緊張過啊？這是只有"假定"他沒有被老虎吃掉才有可能探索一番的。這個辦法，是一切小説情節構成的最基本的方法，那就把人打出生活的常規，折磨他，反反覆覆，逼得他的心理也越出常規，檢驗一下，他那個老樣子有沒有改變，看看他內心深處有甚麼奧秘。

施耐庵之所以把武松送到景陽岡，就是要看看他這個英雄，有甚麼超越常規的心態。正是為了這個目的，在遇見老虎以前，施耐庵就先讓武松喝酒，超越常規地喝。武松所到景陽岡下的酒店的招旗就是"三碗不過岡"，意思説是，喝酒不能越過三碗。但是，武松以為自己是好漢，好漢就不是普通人，往下一坐，"敲着桌子"要酒。一碗一碗地喝，連喝三碗，還要喝。店家説，不能喝了，我們這裏是"三碗不過岡"。這酒叫作"出門倒"，一般人喝過三碗，一出門就要醉倒的。可武松自我感覺特別良好，好漢不是普通人啊，硬是要喝，説，喝醉的，"不算好漢"。要記住武松的這個"好漢"字眼，好漢是和普通人不一樣的。店家好心相勸，他威脅説，你再囉嗦，老爺把你的屋子打個粉碎，連店子都給你翻倒過來。結果是真的讓他一口氣就喝了十八碗，又吃了好多斤牛肉，並沒有醉。

這裏要説明一下十八碗酒，這麼多，就是十八碗水，肚子也夠脹的，彎腰也困難了。居然還沒有醉。這可能有幾種解釋：

第一，當時的酒，度數可能很低，是農家的那種米酒。

第二，這是一種假定，吃得多，力氣大，在中國古典傳奇小説中，是英雄氣概的象徵。一般人食慾很容易滿足，有明顯的限度，過度了，肚子就受不了，就痛苦。但是，英雄不是普通人，在食量方面超越常人，體力才能超越常人，這就不能不令人肅然起敬。

第三，這裏下肚的，除了牛肉以外，主要是酒，酒這種飲料，和一般的飲料不一樣。它不是解渴的，而是刺激、麻醉神經的。飯吃過多了，人會痛苦，酒喝高了，醉了，不但不痛苦，還能把一切痛苦都忘記了。喝到神經都有點麻醉了，迷迷糊糊，打架還能打出威風來。所以《水滸傳》的理想就是："大碗喝酒，大塊吃肉，大秤分金銀。"《水滸傳》的英雄觀，在這方面頗有特點。大凡要讓英雄搏擊，往往就要讓他喝酒。不是隨便小酌，而是大喝，甚至喝得有點醉，不太清醒了，才能大發神威。

第四，酒不但能麻醉神經，而且能解放人的神經。在《水滸傳》裏，酒是豪傑之氣不受羈勒的象徵。精神不清醒了，規矩、法律、禮貌等，都滾一邊去了，人就比較自由了。魯智深醉打山門，因為不夠清醒，才不管他佛門的清規戒律；武松醉打蔣門神，因為醉了，才顯英雄本色。要不然清醒地想想，蔣門神固然是壞蛋，在快活林，收取商家的保護費，你的朋友施恩，不也是仗着自己父親的權力，收取保護費嗎？除了和你武松是哥們以外，在本質上，和蔣門神，是一路貨。因為酒醉了，就不用費神多想了，英雄本色，也就是意氣用事，或者叫作快意恩仇，才能淋漓盡致地表現出來。

酒喝足了，平日裏，社會性的約束就鬆弛了，人的潛在本性更能自然地顯示出來。酒在中國英雄事業上，是很重要的，許多英雄的心聲和酒聯繫在一起，不過意味稍有不同，宋江潯陽樓上醉題反詩，是酒醉把掩飾了多年潛在的豪情壯志，解放了出來："他日若遂凌雲志，敢笑黃巢不丈夫。"關公溫酒斬華雄，酒放在桌子上，還沒有變涼，華雄的腦袋已經割下來送到統帥的帳前。現代武術中有一種拳法叫作"醉拳"。為甚麼要"醉"？就是讓精神更加自由，進入藝術的想像境界。

這是不是可以稱作中國的"酒神精神"呢？其當然與西方的酒神精神有很大的不同，但是在夢幻的境界裏，從人的心靈深處，從性靈裏，升起的這種狂喜的陶醉，獲得力量的和精神的自由，在這點上，中國和西方可能是一致的。

### 3. 從不怕老虎到害怕老虎

武松歪歪倒倒就往店外走，店家告訴他，這不行。怎麼不行？這酒是出門倒，透瓶香，三碗都過不了岡，如今你卻喝了這麼多。武松不買賬，店家把官方的文書拿出來，山上有老虎。他還是不信，就是有，自己跟普通人不一樣，就是有老虎，"也不怕"。還反咬人家一口，"莫不是半夜三更，要謀我財，害我性命，卻把鳥大蟲唬嚇我？"這完全是狗咬呂洞賓，太自以為是了。後來證明，他犯了一個錯誤，用今天的話來說，叫"不相信群眾"。等到了岡子上，發現一棵大樹上，樹皮刮了，上面有文字，說得有鼻子有眼的，有老虎。可是他實在太自負了，不相信，以為是店家為了招攬客人耍的詭計。直到在一個敗落山神廟前看到了印有縣政府大印的佈告。武松這才"方知端的有虎"，感到糟了，《水滸傳》上這樣寫：

　　武松欲待轉身再回酒店裏來，尋思道：我回去時，須吃他恥笑，不是好漢。

武松這時最實際的辦法就是回去，因為時間很緊迫，政府的佈告上限定的時間是巳午未三時，也就是早上十點到下午兩

137

點，還要大夥兒一起過岡。可當時是申時已過，快到酉時，也就是下午五六點鐘了。真有老虎，三十六着，走為上策。這樣比較實用，明顯的好處是，生命不至於有危險，但武松覺得，有一條壞處，"須吃他恥笑，不是好漢"，"須"就是一定，一定給人家笑話。怕被人家嘲笑："我說嘛，你看這傢伙，剛才是個小氣鬼，捨不得幾個住宿費，現在變成了膽小鬼、怕死鬼，溜回來了不是！"武松受不了被人家瞧不起，被人家看成"不是好漢"，就做了一個決策：繼續前進。這樣，武松就犯了第二個錯誤，把好漢的面子看得比生命的安全還重要，這就是人們常說的："死要面子活受罪"。

　　走了一段，發現沒有老虎，又樂觀起來了，哪有甚麼老虎不老虎的，人就是會自己嚇唬自己罷了。加上酒勁又衝上來了，看見一塊光溜溜的青石板，不妨小睡片刻。此處，武松又犯了第三個錯誤，沒有看見老虎，並不說明就真的沒有老虎啊。還沒有來得及睡下，颼過一陣狂風，一隻吊睛白額大老虎出現在眼前。這時，武松是甚麼反應呢？他大叫一聲"啊呀"。原來在酒店裏宣稱不怕甚麼"鳥大蟲"的武松這麼一驚，"酒都做冷汗出了"。原來，他也害怕了。怕得還不輕哪，都出了冷汗。面臨絕境，武松只剩下和老虎拼命這一條路了。人和老虎搏鬥，有甚麼優勢呢？沒有。牙齒不如老虎的利，指甲沒有老虎的尖，連臉上的皮都不如老虎的厚！

但是，按照馬克思的說法，人有一點比動物厲害，就是能製造工具。武松有甚麼工具？一條哨棒。這是金聖歎在評點《水滸傳》這一段的時候反覆提到的，一共提了17次。可見其極端重要。工具的功能是甚麼呢？是手的延長。我打得到你，你夠不着我。照理說，這是武松唯一可以克敵制勝的工具。在敵強我弱的情況下，反擊戰應該怎麼打？本應"慎重初戰"，結果他卻"倉促應戰"。他用盡吃奶的力氣舉起哨棒，猛打下去，只聽"哢嚓"一聲，老虎沒打着，卻把松樹枝打斷了。松樹枝斷了，問題不大，只要哨棒在手，還可以繼續打牠個痛快。可是由於用力過猛，武松把哨棒給打斷了。這說明當時，武松在心理上是如何的緊張，簡直可以定性為"驚惶失措"。這和他在酒店裏，一再說"怕甚麼鳥！"和在山神廟裏大大咧咧的武松相比，可以說是另外一個人了。

這下子，武松沒有甚麼本錢了，橫下一條心，就用了前面被思想家夏曾佑懷疑的那種不科學的辦法，"五七十拳"加一通"棒楸"就把老虎給收拾了。這完全是偶然的，是人們所說的"超常發揮"。

這是可以諒解的。因為，藝術家反正是要讓武松把老虎打死的。要讓他超越常規！要讓他表現出那隱藏在內心深處的超越常規的心態！"五七十拳"加一通"棒楸"，充其量也就不超過半個小時。就是憑着這半小時的"老本"，武松就成了為民除害的英雄，揚名千古。難怪金聖歎在評點這一回時說，武松是"神人"①，至少在膽略和勇氣上是如此。但是，有了"老本"

以後，這時"神人"武松變得實際了，他想，這老虎渾身是寶不如順手把牠拖下山去。《水滸傳》這樣寫道：

> 就血泊裏雙手來提時，那裏還拖得動？原來使盡了力氣，手腳都蘇軟了。

活老虎打死了，死老虎居然拖不動。倒是自己感到"蘇軟了"這不是怪事嗎？這一筆很精彩。這是對英雄，也是對人的一種發現！這個"神人"，超人的力量是有限的。這時，施耐庵寫武松在"青石上坐了半歇"。是不是休息一下，再拖呢？可能是吧，但是，武松一邊休息一邊"尋思"："天色看看黑了，倘或又跳出一隻大蟲，卻怎地鬥得牠過？且掙扎下岡子去，明早卻來理會。"施耐庵對武松的心理又有了發現：還是趁早溜吧，如果再來一隻老虎，可就危險了。他就一步步"挨下岡子去"了。注意這個"挨"，連走路都勉強了。哪知山腳下又突然冒出"兩隻老虎"。這時，神勇的打虎英雄的心態又是怎麼樣的呢？《水滸傳》寫得明明白白，武松的想法有點煞風景：

> 阿呀，我今番罷了。

用今天的話説，也就是這下子"完蛋了"！一向自以為是不同於尋常人，誇過海口"就有大蟲，我也不怕"的武松，在讀者心目中的英雄武松，再看見老虎時，竟然還沒有搏鬥就認輸了，悲觀到絕望了。

《水滸》的偉大就在於寫出了這個在體力膽略上超人的"神"，在心理上實際上是個大大的凡人。

註：

① 陳曦鍾等輯校：《水滸傳會評本》（上），北京大學出版社，1981年，第415頁。

# 薛寶釵、安娜・卡列尼娜和繁漪是壞人嗎

## ——真善美的統一和錯位

## 情感與理性的矛盾

大自然是吝嗇的，人被迫遵循大自然的規律才勉強滿足自身迫切的生理需求。人類征服物質世界，憑的是自身的理性，卻犧牲了情感。情感被抑制、被壓迫得處於沉睡狀態，或者叫做潛意識狀態。在人的小丘腦的下部，有一個機制，就是壓抑人的自發性慾望的。在人的種種慾望中，最強烈的是性慾和食慾。光有小丘腦的控制是不夠的。為了不使人們在滿足慾望時發生暴力爭奪，便又有了道德的戒律，讓人自己分別善惡。為了最有效地獲取生活資料，便有了科學，追求客觀的真，排除虛假。一個人從懂事開始所接受的就是道德的善惡和科學的真偽的教育。

這自然是很重要的，不可缺少的。但是對一個藝術家來說光有這一點是不夠的，因為人的情感的美，是人的生命不可缺少的組成部分，其特點就是超越善與真。

# 情感之美與善、真的對立

　　小孩子看電視往往問大人，某個主人公是好人還是壞人，這類問題有時很好回答，有時不好回答。越是簡單的形象越好回答，越是豐富的形象越不好回答。這是因為形象越簡單，情感價值與道德的善和科學的真之間的矛盾越小；形象越是豐富，意味着情感越是複雜，與善和真之間的矛盾也越大。

　　為了說明這個問題，我們舉曹禺《雷雨》中的繁漪為例。

　　〔三人——萍，四鳳，魯媽——走到飯廳門口，飯廳門開。繁漪走出，三人俱驚視。〕

四　　（失聲）太太！

繁　　（沉穩地）咦，你們到哪兒去？外面還打着雷呢！

萍　　（向繁漪）怎麼你一個人在外面偷聽！

繁　　嗯，你只我，還有人呢。（向飯廳上）出來呀，你！

　　〔沖由飯廳上，畏縮地。〕

四　　（驚愕地）二少爺！

沖　　（不安地）四鳳！

萍　　（不高興，向弟）弟弟，你怎麼這樣不懂事？

沖　　（莫明其妙地）媽叫我來的，我不知道你們這是幹甚麼。

繁　（冷冷地）現在你就明白了。

萍　（焦躁，向繁漪）你這是幹甚麼？

繁　（嘲弄地）我叫你弟弟來跟你們送行。

萍　（氣憤）你真卑——

沖　哥哥！

萍　弟弟，我對不起你！——（突向繁漪）不過世界上沒有像你這樣的母親！

沖　（迷惑地）媽，這是怎麼回事？

繁　你看哪！（向四鳳）四鳳，你預備上哪兒去？

四　（囁嚅）我……我……

萍　不要說一句瞎話。告訴他們，挺起胸來告訴他們，說我們預備一塊兒走。

沖　（明白）甚麼，四鳳，你預備跟他一塊兒走？

四　嗯，二少爺，我，我是——

沖　（半質問地）你為甚麼早不告訴我？

四　我不是不告訴你；我跟你說過，叫你不要找我，因為我——我已經不是個好女人。

萍　（向四鳳）不，你為甚麼說自己不好？你告訴他們！（指繁漪）告訴他們，說你就要嫁我！

沖　（略驚）四鳳，你——

繁　（向沖）現在你明白了。（沖低頭）

萍　（突向繁漪，刻毒地）你真沒有一點心肝！以為你的
　　兒子會替——會破壞麼？弟弟，你說，你現在有甚
　　麼意思，你說，你預備對我怎麼樣？說，哥哥都會
　　原諒你。

〔繁漪跑到書房門口，喊。〕

繁　沖兒，說呀！（半晌，急促）沖兒，你為甚麼不說
　　話？你為甚麼不抓着四鳳問？你為甚麼不抓着你哥
　　哥說話呀？（又頓，眾人俱看沖，沖不語。）沖兒
　　你說呀，你怎麼，你難道是個死人？啞巴？是個糊
　　塗孩子？你難道見着自己心上喜歡的人叫人搶去，
　　一點兒都不動氣麼？

沖　（抬頭，羊羔似的）不，不，媽！（又望四鳳，低
　　頭）只要四鳳願意，我沒有一句話可說。

萍　（走到沖面前，拉着他的手）哦，我的好弟弟，我的
　　明白弟弟！

沖　（疑惑地，思考地）不，不，我忽然發現……我覺
　　得……我好像並不是真愛四鳳；（渺渺茫茫地）以前
　　——我，我，我——大概是胡鬧！

萍　（感激地）不過，弟弟——

沖　（望着萍熱烈的神色，退縮地）不，你把她帶走吧，

只要你好好地待她！

繁　（整個消滅，失望）哦，你呀！（忽然，氣憤）你不是我的兒子；你不是我的兒子；你不像我，你——你簡直是條死豬！

沖　（受侮地）媽！

萍　（驚）你是怎麼回事！

繁　（昏亂地）你真沒有點男子氣，我要是你，我就打了她，燒了她，殺了她。你真是糊塗蟲，沒有一點生氣的。你還是父親養的，你父親的小綿羊。我看錯了你——你不是我的，你不是我的兒子。

萍　（不平地）你是沖弟弟的母親麼？你這樣說話。

繁　（痛苦地）萍，你說，你說出來；我不怕，我早已忘了我自己（向沖，半瘋狂地）你不要以為我是你的母親，（高聲）你的母親早死了，早叫你父親壓死了，悶死了。現在我不是你的母親。她是見着周萍又活了的女人，（不顧一切地）她也是要一個男人真愛她，要真真活着的女人！

沖　（心痛地）哦，媽。

萍　（眼色向沖）她病了。（向繁漪）你跟我上樓去吧！你大概是該歇一歇。

繁　胡說！我沒有病，我沒有病，我神經上沒有一點病。你們不要以為我說胡話。（揩眼淚，哀痛地）我忍了多少年了，我在這個死地方，監獄似的周公館，陪着一個閻王十八年了，我的心並沒有死；你的父親只叫我生了冲兒，然而我的心，我這個人還是我的。（指萍）就只有他才要了我整個的人，可是他現在不要我，又不要我了。

冲　（痛極）媽，我最愛的媽，您這是怎麼回事？

萍　你先不要管她，她在發瘋！

繁　（激烈地）不要學你的父親。沒有瘋——我這是沒有瘋！我要你說，我要你告訴他們——這是我最後的一口氣！

萍　（狠狠地）你叫我說甚麼？我看你上樓睡去吧。

繁　（冷笑）你不要裝！你告訴他們，我並不是你的後母。

　　繁漪是周樸園的妻子，卻與周樸園的大兒子周萍發生了感情，而且有了肉體關係，從某種意義上來說，這是亂倫。當周萍要結束這種關係，帶着女傭四鳳遠走礦山時，她為了纏住周萍，不惜從中破壞，甚至利用自己兒子周冲對四鳳的愛情，強迫他出來插入周萍和四鳳之間。

　　單純從道德的角度來看，她肯定是自私的、邪惡的、不善的，是一個道德上有污點的人物。但是在看完《雷雨》以後，觀眾和評論家卻很難把她當作壞人看待。

這是因為她在精神上受着周樸園的禁錮（雖然她的物質生活很優裕），她熾熱的情感在這種文明而野蠻的統治下變得病態了，這就造成了她惡的反抗。她絕不為現實的壓力而委屈自己的情感。她尋找情感的寄託，而且不把情感寄託當成可有可無的，相反她把她與周萍的關係當成生命。曹禺在她第一次出場時，對演員和導演作出如下的描繪和分析：

> 她的臉色蒼白，面部輪廓很美。眉目間看出來她是憂鬱的。鬱積的火燃燒着她，眼光時常充滿了一個年輕的婦人失望後的痛苦和怨望。她經常抑制着自己。……她的性格中有一股不可抑制的"蠻勁"，使她能夠忽然做出不顧一切的決定。她愛起人來像一團火那樣熱烈；恨起人來也會像一團火，把人燒毀。

曹禺在這裏所作的，並不是一種道德善惡的鑒定，而是對她情感世界的揭示。他不在乎她是好人還是壞人，甚至也不分辨她哪一部分行為是善哪一部分行為是惡。對這些，作者自然是有某種隱秘的傾向性的，但那是一種側面效果。作者正面展示的是這個人物的"鬱積的火"，亦即受壓抑的火，這種潛在感情是矛盾的：她外表憂鬱，甚至沉靜，而內在狀態，卻是以"不可抑制的'蠻勁'"能夠激發出"不顧一切的決定"，"她愛起人來像一團火那樣熱烈，她恨起人來也會像一團火，把人燒毀"，不管這種"火"是純潔的火，還是邪惡的火，都是人的生命的一種狀態，而這種狀態，是一向為人們所視而不見的。曹禺對那些越出道德的善和認識的真的情感並不採取排斥的態度，而是當作一種可貴的發現，讓讀者在體驗這種感情的過程中，體驗到生命的豐富和複雜。

而情感的豐富和複雜的發現，就是美的發現。

一個普通的有道德善惡觀念的人和一個有強烈審美傾向的藝術家的區別就從這裏開始。藝術家並不滿足於作出道德的和科學的評價，因為這不是他的主要任務，他追求的是在此基礎上作出審美的評價。在藝術家曹禺看來，這個感情壓抑不住，窒息不死，沒有顧忌，一爆發起來就不要命，甚至在兒子面前都不要臉的女人才表現了女人的內在的追求，才是一個充滿了生命的女人。而那個害怕自己的感情的周萍，則是軟弱而空虛的，他總是在悔恨中譴責自己的錯誤，他缺乏意志和力量，"他痛苦了，他恨自己，他羨慕一切沒有顧忌，敢做壞事的人"。

然而，這個不再敢做壞事的人，儘管在道德上並不是負面的，在情感上卻是蒼白的，在審美上是被否定的。他肯定不是《雷雨》中的正面人物。

要提高對經典文學作品的藝術欣賞水準，在這一點上是絕不可含糊的——必須把藝術形象的情感價值放在最重要的位置，哪怕這種情感與理性的善和真拉開了某種距離也不能手軟。

正是在這樣的基礎上，曹雪芹把林黛玉和薛寶釵放在對立的位置上，但她們之間基本上不是道德的對立，而是情感的對立。

林黛玉的情況和繁漪有一點相似，那就是她為情感而生，為情感而死，情感給她的歡樂大於痛苦。她的情感是這樣敏銳，這樣奇特，以至於她和她最愛的賈寶玉相處也充滿了懷疑、試探、挑剔、誤解、折磨。這是因為她愛得太深，把情感看得太寶貴，甚至比生命更寶貴，她不能容忍有任何可疑的成分、牽強的成分，更不要說有轉移的苗頭了。讓這樣強烈的情感出於她這樣一種虛弱的體質，這可能並不是出於偶然或隨意，也許作者正是要把情感的執着和生命的存活放在尖銳的衝突中，讓林黛玉堅決地選擇了情感之花，而不顧生命之樹的凋謝。

美在情感。

古希臘人把關於人的學問分為兩類，一類是科學理性，一類則是和理性相對的，包括情感和感覺的，翻譯成英文叫做 "aesthetics" 的。關於科學理性的學問比較發達，關於情感和感覺的學問，就似乎遜色不少了。直到後來鮑姆嘉登才把這門學問定下來。漢語裏沒有一個相對應的詞語。日本把它翻譯成 "美學"，也就是講究情感的學問。但它給了人一種錯覺，似乎美學就只涵蓋詩意盎然的審美，跟醜沒有關係，沒有甚麼審醜。

這就造成了一種事實，大凡與美相對立的，往往就變成了惡。

其實美的反面是醜，善的反面是惡。

美的不一定是善的，而惡的不一定是醜的。

真善美三者不是絕對統一的，而是"錯位"的。所謂錯位，是價值的交錯，而不是絕對的對立或者分裂。

薛寶釵是林黛玉的"對立面"，即林黛玉是美的、善的，則薛寶釵肯定是惡的嗎？道德上一定是卑污的嗎？其實，在道德上寶釵並無多少損人利己之心。有些研究者硬把薛寶釵描寫成一個陰險的"女曹操"，和這一形象本身的傾向是不相干的。薛寶釵的全部特點在於她為了"照顧大局"而自覺自願地，幾乎是毫無痛苦地消滅了自己的情感，不管是她對賈寶玉可能產生的愛，還是對王夫人（在逼死金釧兒以後）可能產生的恨，她都舒舒服服地淡化掉了。她在人事關係上取得了極大的成功，她克制自己的情感，不讓自己和任何人衝突，甚至把自己的青春和愛情都沒有當一回事，結果是她自己成了生命的空殼。和情感強烈但沒有健康的美人林黛玉相反，她成了一個健康卻沒有感情的美人。

她時時要服食一種"冷香丸"，其實這正是她心靈的象徵：她雖然很美，但情感已經冷了，沒有生命了。從審美價值來說，這就是醜。

從這個意義上，我們可能會對周樸園有比較深刻的理解。

許多學術論文幾乎異口同聲論斷周樸園是個道德上十分虛偽的傢伙。這樣的理解可能太浮淺了。如果他僅僅是一個虛偽的人物，那只不過是說明他惡而已。但文學作品的價值追求，不在於善惡，更重要的在於美醜。繁漪是惡的，但從審美價值來說，她對情感的不顧一切的執着，說明她還有審美的一面。薛寶釵是善的，但她有醜的一面。說周樸園是惡的，並不一定比說他是醜的更深刻。

問題在於，周樸園自己倒是覺得自己是有惡行的，但那是過去年輕時的事，而他為此而時刻懺悔着，傢具的佈置也一直保持着當年侍萍生孩子時的原樣——大熱天，連窗子都如當年一樣關得緊緊的。這一切，都並不是做樣子給誰看的，而是他的一種心意。有些論者把他發現當年的侍萍就在眼前時，給她開了一張支票，也說成是虛偽。這多多少少有點強詞奪理。因為在他們心目中，只有道德善惡一種價值觀念。其實，這張支票，並不是空頭支票，而且是他主動開出來的。問題不在於虛假，而在於真實。他真真實實地認為，這張支票足夠補償三十年生命的、情感的痛苦。他的問題出在他認為，這些金錢大大高於侍萍所付出的情感價值。把情感價值，放在實用之上，我們已經說過了，是美。而把實用價值，放在情感價值之上，這就是情感枯窘，從美學意義上說，這就是醜。

這種醜，在他對待繁漪的問題上，也同樣得到充分的表現。他對繁漪，從道德上來說，應該是善的，他請了德國醫生（花了大價錢）為她看病。他逼迫繁漪服藥，是很"文明"的。最嚴重的，也不過是讓大兒子"跪勸"。在這方面，他並沒有做任何缺德的事，所以稱不上惡。但是，他所做的一切都是對情感的漠視。他看不到妻子在精神上遭到自己的壓抑已經變態。他對任何人，包括自己的兒子和妻子，都沒有感情的溝通。

他和薛寶釵一樣是個感情的空殼。

從這個意義上說，他是醜的，但是，並沒有多少顯著的惡。

用同樣的道理，我們可以解釋安娜·卡列尼娜與卡列寧的衝突，主要不是在道德上，更不是在政治上，而是在情感上，也就是在審美價值上。卡列寧對安娜說："我是你的丈夫，我愛你。"安娜的反應卻是："但是愛這個字眼激起了她的反感"，她想："愛，他能夠嗎？愛是甚麼，他連知道都不知道。"

連愛都不會，這並不是不道德、不善，而是不美。卡列寧是醜的。

這正是托爾斯泰修改安娜這個形象，找到安娜這個人物的藝術生命的關鍵。在這以前，托爾斯泰原本打算把安娜寫成一個邪惡的道德墮落的女人，而修改後的安娜卻是美的。安娜和伏隆斯基發生了關係，懷了孕，卡列寧並沒有張揚，也沒有責罵她。她在難產幾乎死去時，卡列寧與伏隆斯基已握手和解

了。她也表示：今後就與卡列寧共同生活下去，不再折
騰了。可待她痊癒之後，她卻感到，卡列寧一接觸到她
的手，她就不能忍受了。從科學理性說，這不是理由，
可是從情感和感覺的互動關係來說，這是很充足的理
由。

在這一點上不徹底的作家往往只能寫出格調不高的
作品來。中國古代有一些勸善懲惡的小說，在藝術上都
是軟弱的。就是在新時期的初期，有些曾經轟動一時的
小說，如《窗口》、《賠你一輛金鳳凰》之類，甚至《明
姑娘》那樣的作品，都很快就被讀者遺忘了。倒是因為
付了五塊錢旅館費而破壞性地在客房沙發上一跳的陳奐
生，卻成了富有藝術感染力的形象。

## 情感之美與真善的統一

當然，讓審美價值和實用道德理性拉開距離並不是
無條件的。這個條件就是不可直接與道德的善對抗，亦
即不可誨淫誨盜。拉開兩種價值的距離是為了在錯位中
充分展示情感結構的奧秘，把作者自己的道德理性結論
隱蔽起來，讓讀者在潛移默化中有所感受。

許多人都希望文本分析有一個較高的起點。審美價
值的相對超越就是高起點，如能在這一點上不含糊，就

有了擺脱無效闡釋的可能。

為了説明科學的真和藝術美之間錯位的關係，舉一個當代文學的例子。

1985 年 5 月 19 日，國足與香港足球隊爭奪進入世界盃足球賽的"入場券"，國足只要打平就可達到衝出亞洲的目的，但結果卻輸了，巨大的心理落差引起了球迷的一場騷亂。第二天新華社電訊歷數"害群之馬"的行徑之後這樣説：

> 更為惡劣的是，少數人在工人體育場附近故意攔
> 截外國人的汽車，恣意辱罵……北京體育場發生的這
> 一事情，是建國以來在北京體育比賽中最嚴重的有損
> 國格的事件。這種愚昧野蠻的行為與首都的地位極不
> 相稱。北京的政法部門將依法嚴懲肇事者。

報道的無疑都是事實，從科學的認識來説，肯定都是真實的。但把科學上真實的事實，拿到藝術中就可能變成虛假的。正因為這樣，劉心武在以此事件為題材寫作《五·一九長鏡頭》時，雖然主人公滑志明是當天的肇事者，但卻沒有把他處理成一個野蠻的罪犯，而是一個相當善良的人。

劉心武着力展開的不是他如何破壞，如何犯罪，而是他在一種失落的感情掣動下的感覺如何變幻，他自己如何"跟着感覺走"，終於懵懂地走向推翻汽車的行動。

展現在讀者面前的是他的失落感變幻的層次。

首先是一種倒霉、背時、自卑的感覺。個子小，學歷文憑都不如人；好不容易找了個對象，第一次領回家，就被父親當着人家的面訓了一頓，以致忘了下次約會的時間；借來了錄像帶，還沒有享受到現代文明，卻因不會播放而洗掉了，只好賠錢。由於缺乏文化而百無聊賴，完全憑着迷茫的感覺來到球場。感受着球迷們的狂熱自信，又承受不了輸球以後巨大的心理落差，在盲目的哄鬧以及肆無忌憚的發泄中，這個缺乏主心骨的人長期埋藏在心靈深處的不滿和鬱悶終於被勾引了出來，但並沒有立即發作，待到他走出了球場，由於一個好像是偶然的因素的推動，他不由自主地捲入了掀汽車的行動，最後導致被捕。

　　這是一個因缺乏文化和法律觀念而被麻木感覺牽着鼻子走的人，也是一個在盲目發泄鬱悶的群眾潮流的裹挾下走向犯罪道路的人。

　　這裏展示的不是他犯罪的外部動作過程及其社會危害性（這是實用價值），而是他追求時髦和物質文明的表面感覺和潛在的缺乏文化的麻木情緒互相催生的過程（這是審美價值）。如果在這兩個過程中看不出差別，作品就可能概念化了，讓這兩個過程拉開一點距離，才能創造出富有感染力的形象。自然，情感的美對認識的真的超越也是有限的，不能是絕對的、無限的。超越以不歪曲生活的根本性質（或者叫做本質）為限。在拉開距離以後，從根本上歪曲生活的性質無疑是應該警惕的。

事實上，對藝術家來說，把握真善與美之間既統一又矛盾的“錯位”關係是十分重要的。完全否認其間的矛盾，可能導致公式化、概念化；而無限誇大其間的矛盾，則可能導致誨淫誨盜或胡編亂造。真正的藝術家能遊刃有餘地控制真善美的互相錯位而又不讓它們分裂。

# 商務印書館 📖 讀者回饋咭

　　請詳細填寫下列各項資料，傳真至2565 1113，以便寄上本館門市優惠券，憑券前往商務印書館本港各大門市購書，可獲折扣優惠。

所購本館出版之書籍：＿＿＿＿＿＿＿＿＿＿＿＿＿＿＿＿＿＿＿＿＿＿＿＿＿

購書地點：＿＿＿＿＿＿＿＿＿＿＿＿＿＿　姓名：＿＿＿＿＿＿＿＿＿＿＿＿＿

通訊地址：＿＿＿＿＿＿＿＿＿＿＿＿＿＿＿＿＿＿＿＿＿＿＿＿＿＿＿＿＿＿＿

電話：＿＿＿＿＿＿＿＿＿＿＿＿＿＿＿＿　傳真：＿＿＿＿＿＿＿＿＿＿＿＿＿

電郵：＿＿＿＿＿＿＿＿＿＿＿＿＿＿＿＿＿＿＿＿＿＿＿＿＿＿＿＿＿＿＿＿＿

您是否想透過電郵或傳真收到商務新書資訊？　1□是　2□否

性別：1□男　2□女

出生年份：＿＿＿＿＿年

學歷：1□小學或以下　2□中學　3□預科　4□大專　5□研究院

每月家庭總收入：1□HK$6,000以下　2□HK$6,000-9,999
　　　　　　　　3□HK$10,000-14,999　4□HK$15,000-24,999
　　　　　　　　5□HK$25,000-34,999　6□HK$35,000或以上

子女人數（只適用於有子女人士）　1□1-2個　2□3-4個　3□5個以上

子女年齡（可多於一個選擇）　1□12歲以下　2□12-17歲　3□18歲以上

職業：1□僱主　2□經理級　3□專業人士　4□白領　5□藍領　6□教師　7□學生
　　　8□主婦　9□其他

最多前往的書店：＿＿＿＿＿＿＿＿＿＿＿＿＿＿＿＿＿＿＿＿＿＿＿＿＿＿＿

每月往書店次數：1□1次或以下　2□2-4次　3□5-7次　4□8次或以上

每月購書量：1□1本或以下　2□2-4本　3□5-7本　2□8本或以上

每月購書消費：1□HK$50以下　2□HK$50-199　3□HK$200-499　4□HK$500-999
　　　　　　　5□HK$1,000或以上

您從哪裏得知本書：1□書店　2□報章或雜誌廣告　3□電台　4□電視　5□書評/書介
　　　　　　　　　6□親友介紹　7□商務文化網站　8□其他（請註明：＿＿＿＿＿＿＿＿＿）

您對本書內容的意見：＿＿＿＿＿＿＿＿＿＿＿＿＿＿＿＿＿＿＿＿＿＿＿＿＿

＿＿＿＿＿＿＿＿＿＿＿＿＿＿＿＿＿＿＿＿＿＿＿＿＿＿＿＿＿＿＿＿＿＿＿

您有否進行過網上購書？　1□有　2□否

您有否瀏覽過商務出版網（網址：http://www.commercialpress.com.hk）？1□有　2□否

您希望本公司能加強出版的書籍：1□辭書　2□外語書籍　3□文學/語言　4□歷史文化
　　　5□自然科學　6□社會科學　7□醫學衛生　8□財經書籍　9□管理書籍
　　　10□兒童書籍　11□流行書　12□其他（請註明：＿＿＿＿＿＿＿＿＿＿＿＿＿）

根據個人資料「私隱」條例，讀者有權查閱及更改其個人資料。讀者如須查閱或更改其個人資料，請來函本館，信封上請註明「讀者回饋咭-更改個人資料」

香港筲箕灣
耀興道3號
東滙廣場8樓
商務印書館（香港）有限公司
顧客服務部收